First published in 1984
Usborne Publishing Ltd
Usborne House, 83-85 Saffron Hill
London EC1N 8RT

© Usborne Publishing Ltd
1984

The name of Usborne and the device 🐝 are Trade Marks of Usborne Publishing Ltd.

Printed in Scotland

About this book

This book is for everyone learning German. By matching the numbers on the pictures with the words round the sides of each page, it will be easy to learn the German words for all sorts of different things and objects.

Masculine, feminine and neuter words
When you look at the German words, you will see that all of them have **der**, **die** or **das**, which means "the", in front of them. This is because in German all words, like table or clock, as well as man and woman, are masculine or feminine, and some words, like car, are neuter. **Der** means the word is masculine, **die** means that it is feminine, and **das** means it is neuter. **Die** is also the word for "the" before plural words. They are marked with a ★.

Looking at the words
You will see that many German words start with a capital letter. There is also the letter ß in some words which sounds the same as "s". On some vowels there are two dots, **ä, ö, ü**. This is called an umlaut and changes the sound of the vowel.

There are some sounds in German that are quite different from any sound in English. To say them as a German person would, you have to hear them spoken and say them like that yourself.

If you are not sure of the exact meaning of any German word on a picture, look up the page and the word number in the index at the back of the book to find the English translation.

In this book, you will sometimes see a word in **heavy type**, such as **103, das Wohnzimmer** (sitting room), on page 7. This word refers to part of the picture on that page. The words that follow it are all things you might find in a **sitting room**, such as das Bücherregal (bookcase), das Sofa (sofa) or der Fernseher (television). On the picture the numbers inside two circles, like this ⑩³, refer to the words in **heavy type**.

CHILDREN'S WORDFINDER IN GERMAN

Anne Civardi

Illustrated by Colin King

Translated by Sonja Osthecker

Consultant: Betty Root
Series Editor: Heather Amery

With thanks to Lynn Bresler

Die Baustelle

1 die Planierraupe
2 der Landvermesser
3 der Theodolit
4 die Straßenwalze
5 der Architekt
6 der Polier
7 die Baubude
8 die Telefonklingel
9 die Baupläne*
10 der Firstziegel
11 das Schnürgerüst
12 der Bauarbeiter
13 der Preßluft-
   hammer
14 die Packlage
15 das Dachfenster
16 der Dachdecker
17 die Dachpappe
18 die Dachlatten*
19 die Dachleiter
20 die Strebe
21 der Dachsparren
22 die Firstpfette
23 der Schornstein
24 der Schornstein-
   aufsatz
25 die Schornstein-
   einfassung
26 die Giebelscheibe
27 der Muldenkipper
28 der Zementmischer
29 der Zement
30 die Fusspfette
31 das Dachgesims
32 die Treppe
33 die Setzstufe
34 die Trittstufe
35 das Geländer
36 der Geländerpfosten
37 das Sperrholz
38 der Verputzer
39 das Reibebrett
40 die Rigipsplatte
41 der Richtscheit
42 der Verputz
43 die Hohlwand
44 der Mörtel
45 der Flaschenzug
46 die Preßholzplatte
47 die Schaufel
48 die Ziegelsteine*
49 der Fußboden-
   balken
50 der Fenstersturz
51 die Stahlsäge
52 die Laufdielen*
53 der Deckenbalken
54 die Leichtbauplatte
55 das Brett
56 das Fenstersims
57 der elektrische
   Bohrer
58 der Gehbelag
59 der Hohlmaueranker
60 die Horizontal-
   isolierung
61 das Gerüst
62 der Maurer

63 die Tragmulde
64 die Maurerkelle
65 der Anreißwinkel
66 das Scharriereise
67 der Schlegel

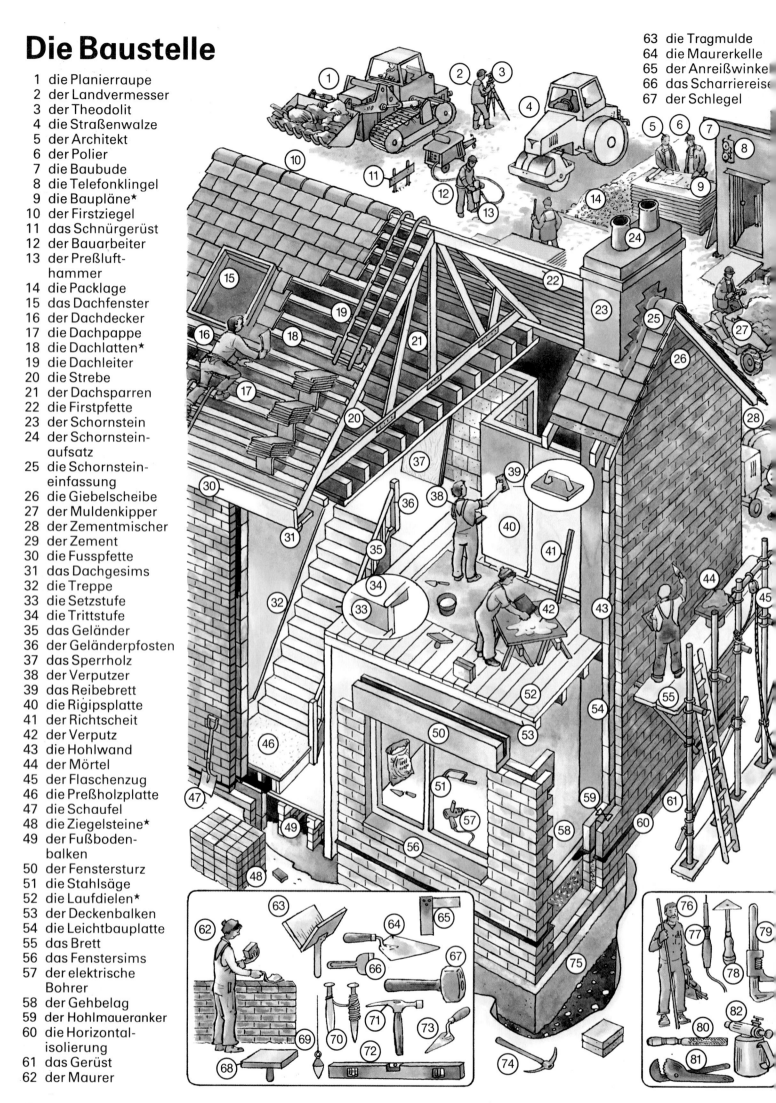

4

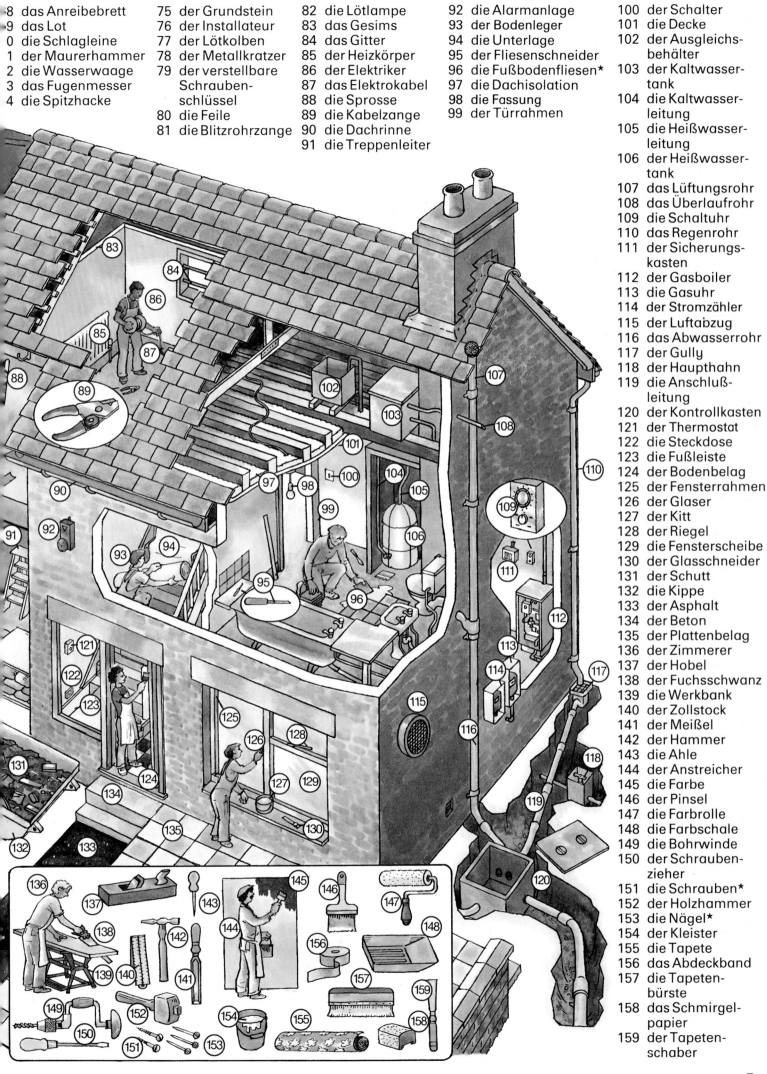

68 das Anreibebrett
69 das Lot
70 die Schlagleine
71 der Maurerhammer
72 die Wasserwaage
73 das Fugenmesser
74 die Spitzhacke

75 der Grundstein
76 der Installateur
77 der Lötkolben
78 der Metallkratzer
79 der verstellbare
   Schrauben-
   schlüssel
80 die Feile
81 die Blitzrohrzange

82 die Lötlampe
83 das Gesims
84 das Gitter
85 der Heizkörper
86 der Elektriker
87 das Elektrokabel
88 die Sprosse
89 die Kabelzange
90 die Dachrinne
91 die Treppenleiter

92 die Alarmanlage
93 der Bodenleger
94 die Unterlage
95 der Fliesenschneider
96 die Fußbodenfliesen*
97 die Dachisolation
98 die Fassung
99 der Türrahmen

100 der Schalter
101 die Decke
102 der Ausgleichs-
    behälter
103 der Kaltwasser-
    tank
104 die Kaltwasser-
    leitung
105 die Heißwasser-
    leitung
106 der Heißwasser-
    tank
107 das Lüftungsrohr
108 das Überlaufrohr
109 die Schaltuhr
110 das Regenrohr
111 der Sicherungs-
    kasten
112 der Gasboiler
113 die Gasuhr
114 der Stromzähler
115 der Luftabzug
116 das Abwasserrohr
117 der Gully
118 der Haupthahn
119 die Anschluß-
    leitung
120 der Kontrollkasten
121 der Thermostat
122 die Steckdose
123 die Fußleiste
124 der Bodenbelag
125 der Fensterrahmen
126 der Glaser
127 der Kitt
128 der Riegel
129 die Fensterscheibe
130 der Glasschneider
131 der Schutt
132 die Kippe
133 der Asphalt
134 der Beton
135 der Plattenbelag
136 der Zimmerer
137 der Hobel
138 der Fuchsschwanz
139 die Werkbank
140 der Zollstock
141 der Meißel
142 der Hammer
143 die Ahle
144 der Anstreicher
145 die Farbe
146 der Pinsel
147 die Farbrolle
148 die Farbschale
149 die Bohrwinde
150 der Schrauben-
    zieher
151 die Schrauben*
152 der Holzhammer
153 die Nägel*
154 der Kleister
155 die Tapete
156 das Abdeckband
157 die Tapeten-
    bürste
158 das Schmirgel-
    papier
159 der Tapeten-
    schaber

5

Das Haus

1 die Fernsehantenne
2 das Dach
3 der Dachboden
4 die Kisten*

5 das Kinderbett
6 der Überseekoffer
7 der Lampenschirm
8 der Lampenständer

9 der Laufstall
10 die Glühbirne
11 der Hochstuhl
12 das Schlafzimm

3 die Gardinenstange
4 die Neonlampe
5 der Spiegel
6 der Vater

17 der Kleiderschrank
18 der Vorhang
19 das Kopfende

20 das Bettlaken
21 der Wecker
22 die Frisierkommode
23 die Lampe
24 das Kopfkissen

25 das Hemd
26 das Federbett
27 der Nachttisch
28 die Wolldecke
29 die Pantoffeln*
30 das Bett
31 das Kissen
32 die Kommode
33 das Badezimmer
34 der Hängeschrank
35 die Dusche
36 der Handtuchring
37 das Arzneischränk-
chen
38 das Toilettenpapier
39 das Handtuch
40 die Wasserhähne*
41 der Sohn
42 das Waschbecken
43 die Badewanne
44 die Personenwaage
45 die Badematte
46 die Toilette
47 der Wäschekorb
48 die Vase
49 die Tür
50 die Standuhr
51 der Hamster
52 die Mutter
53 die Patchworkdecke
54 der Staubsauger
55 die Tochter
56 der Schaukelstuhl
57 das Etagenbett
58 das Aquarium
59 der Blumenkasten
60 der Vorbau
61 die Küche
62 die Türglocke
63 die Klingel
64 die Katzenklappe
65 der Knochen
66 der Futternapf
67 der Wäsche-
trockner
68 der Vogelkäfig
69 der Küchenschrank
70 die Arbeitsfläche
71 die Spüle
72 die Jalousie
73 die Ablage
74 die Großmutter
75 der Backofen
76 die Geschirrspül-
maschine
77 das Tablett
78 die Wasch-
maschine
79 der Kühlschrank
80 der Gefrierschrank
81 die Anrichte
82 die Obstschale
83 das Bügeleisen
84 das Bügelbrett
85 die Tischdecke
86 der Tisch
87 der Hocker
88 der Abfalleimer
89 das Brotbrett
90 das Set
91 das Glas

92 die Serviette
93 der Milchkrug
94 der Stuhl
95 der Hundekorb
96 der Schirmständer
97 das Portrait
98 der Flur
99 der Garderoben-
ständer
100 das Telefon
101 die Telefonbücher*
102 die Fußmatte
103 das Wohnzimmer
104 das Bücherregal
105 der Bilderrahmen
106 der Plattenspieler
107 die Stereoanlage
108 das Sofa
109 der Großvater
110 das Regal
111 der Zeitungs-
ständer
112 das Fenster
113 das Fernsehgerät
114 der Sessel
115 der Sofatisch
116 der Aschenbecher
117 der Läufer
118 der Papierkorb
119 die Zahnbürste
120 die Seife
121 die Zahnpasta
122 das Badesalz
123 die Tasse
124 die Untertasse
125 der Kamm
126 die Haarbürste
127 das Haarwasch-
mittel
128 der Teller
129 der Suppenteller
130 das Staubtuch
131 die Politur
132 die Kehrschaufel
133 die Scheuerbürste
134 die Teekanne
135 die Kaffeekanne
136 das Waschpulver
137 die Zuckerschale
138 die Butterdose
139 der Toaster
140 der Dosenöffner
141 der Mixer
142 das Messer
143 die Gabel
144 der Löffel
145 der Toastständer
146 das Fleischmesser
147 die Fleischgabel
148 der Korkenzieher
149 die Eieruhr
150 der Kochtopf
151 die Bratpfanne
152 der Schmortopf
153 die Schöpfkelle
154 der Salzstreuer
155 die Pfeffermühle
156 der Kerzenständer
157 das Sieb
158 der elektrische
Wasserkessel

Sport I

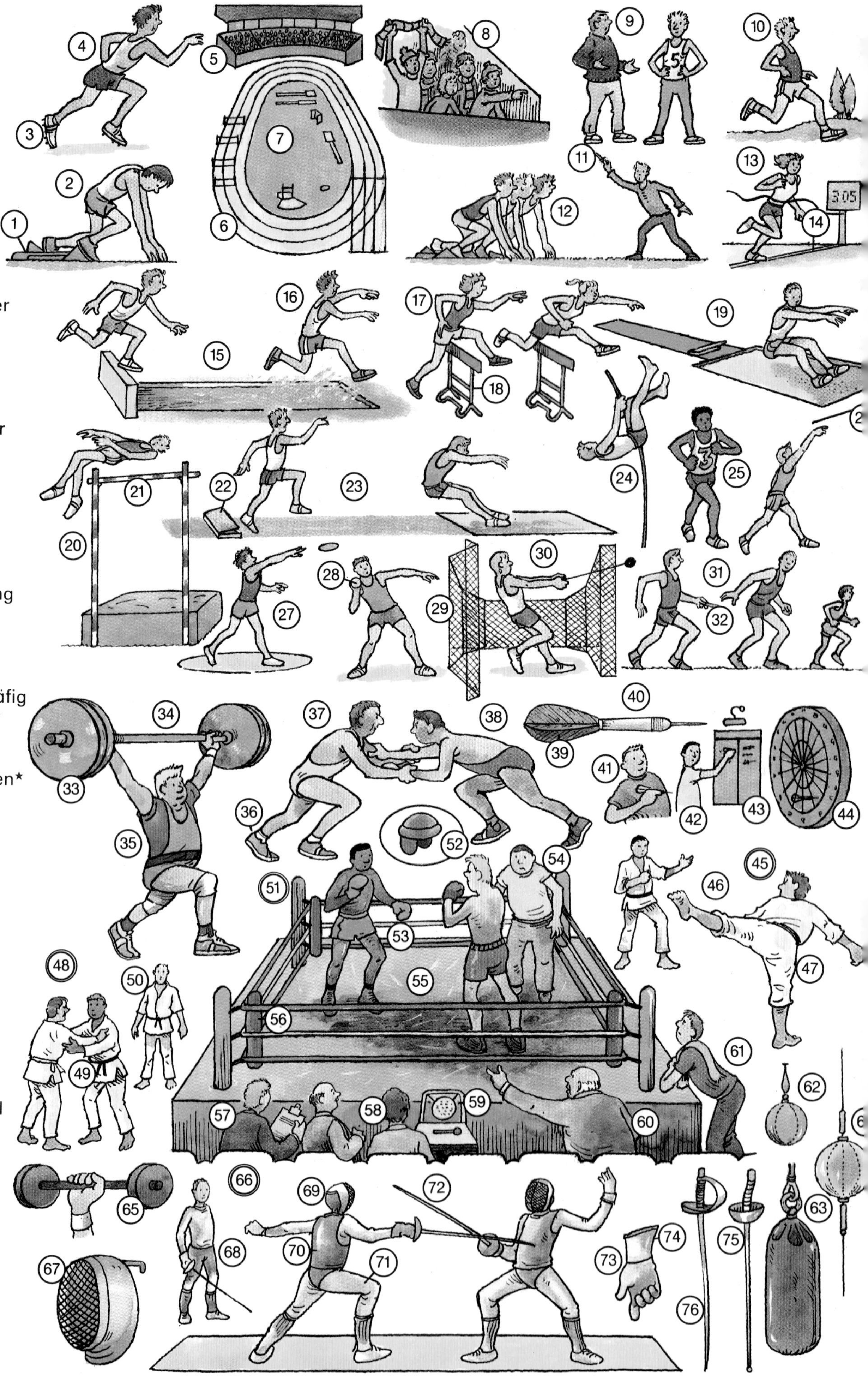

1 der Startblock
2 der Sprinter
3 die Spikes*
4 der Leichtathlet
5 das Stadion
6 die Laufbahn
7 der Sportplatz
8 die Zuschauer*
9 der Trainer
10 der Marathonläufer
11 die Startpistole
12 die Wettkämpfer*
13 der Sieger
14 die Ziellinie
15 der Wassergraben
16 der Hindernisläufer
17 der Hürdenläufer
18 die Hürde
19 der Weitsprung
20 der Hochsprung
21 die Latte
22 das Absprungbrett
23 der Dreisprung
24 der Stabhochsprung
25 der Geher
26 der Speer
27 der Diskuswerfer
28 das Kugelstoßen
29 der Hammerwurfkäfig
30 der Hammerwerfer
31 der Staffellauf
32 der Staffelstab
33 die Gewichtscheiben*
34 die Scheibenhantel
35 der Gewichtheber
36 die Ringerstiefel*
37 der Ringer
38 der Ringkämpfer
39 die Steuerfeder
40 der Wurfpfeil
41 der Pfeilwerfer
42 der Anschreiber
43 die Anschreibetafel
44 die Zielscheibe
45 das Karate
46 der Seitfußstoß
47 der Karateanzug
48 das Judo
49 der schwarze Gürtel
50 der Judoka
51 das Boxen
52 der Kopfschutz
53 der Boxer
54 der Ringrichter
55 der Boxring
56 das Eckpolster
57 der Punktrichter
58 der Zeitnehmer
59 der Gong
60 der Manager
61 der Sekundant
62 der Plattformball
63 der Sandsack
64 der Punchingball
65 die Hantel
66 das Fechten

67 die Fechtmaske	70 die Metallweste
68 der Fechtmeister	71 die Fechthose
69 der Fechter	72 das Florett

73 der Handschuh	76 der Säbel
74 die Stulpe	77 der Turner
75 der Degen	78 das Langpferd

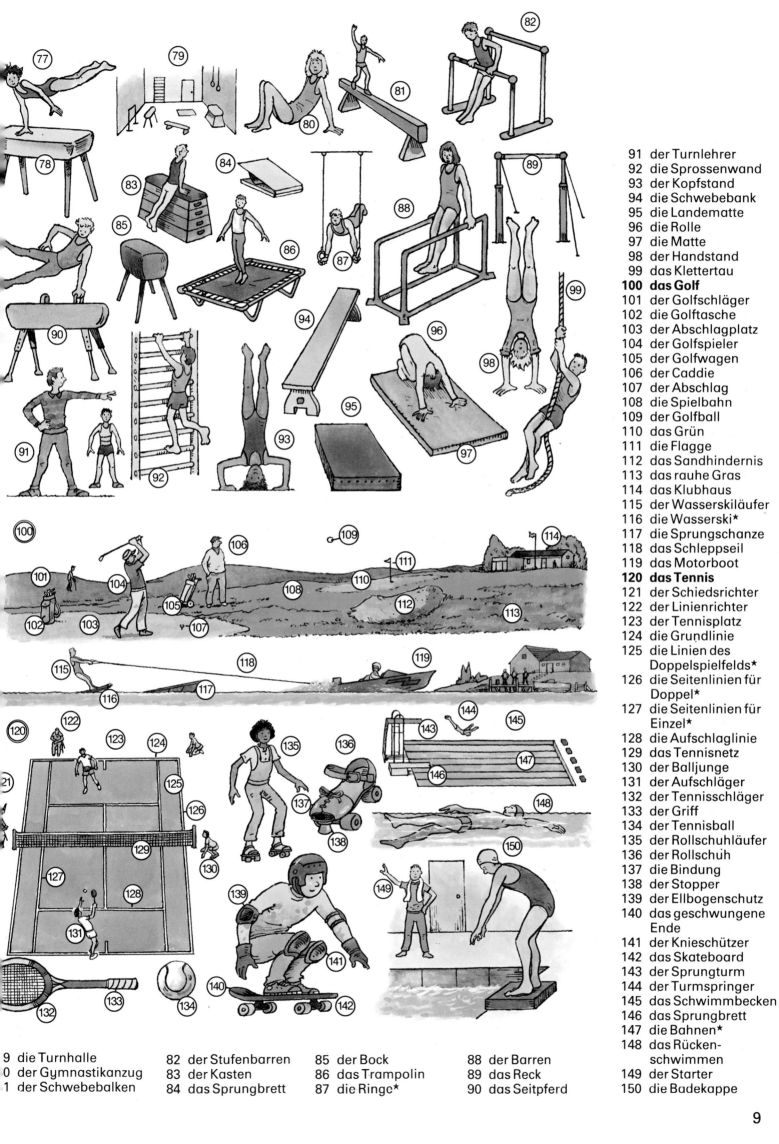

91 der Turnlehrer
92 die Sprossenwand
93 der Kopfstand
94 die Schwebebank
95 die Landematte
96 die Rolle
97 die Matte
98 der Handstand
99 das Klettertau
100 das Golf
101 der Golfschläger
102 die Golftasche
103 der Abschlagplatz
104 der Golfspieler
105 der Golfwagen
106 der Caddie
107 der Abschlag
108 die Spielbahn
109 der Golfball
110 das Grün
111 die Flagge
112 das Sandhindernis
113 das rauhe Gras
114 das Klubhaus
115 der Wasserskiläufer
116 die Wasserski*
117 die Sprungschanze
118 das Schleppseil
119 das Motorboot
120 das Tennis
121 der Schiedsrichter
122 der Linienrichter
123 der Tennisplatz
124 die Grundlinie
125 die Linien des
   Doppelspielfelds*
126 die Seitenlinien für
   Doppel*
127 die Seitenlinien für
   Einzel*
128 die Aufschlaglinie
129 das Tennisnetz
130 der Balljunge
131 der Aufschläger
132 der Tennisschläger
133 der Griff
134 der Tennisball
135 der Rollschuhläufer
136 der Rollschuh
137 die Bindung
138 der Stopper
139 der Ellbogenschutz
140 das geschwungene
   Ende
141 der Knieschützer
142 das Skateboard
143 der Sprungturm
144 der Turmspringer
145 das Schwimmbecken
146 das Sprungbrett
147 die Bahnen*
148 das Rücken-
   schwimmen
149 der Starter
150 die Badekappe

9 die Turnhalle
0 der Gymnastikanzug
1 der Schwebebalken
82 der Stufenbarren
83 der Kasten
84 das Sprungbrett
85 der Bock
86 das Trampolin
87 die Ringe*
88 der Barren
89 das Reck
90 das Seitpferd

9

Sport II

1 das Skilaufen	13 der Skistiefel	25 der Außenspieler
2 die Sprungschanze	14 der Skistock	26 der Schlagmann
3 der Berg	**15 der Football**	27 der Kricketschläg
4 die Seilbahn	16 der Schulterschutz	28 der Torwächter
5 der Sessellift	17 der Beinschutz	29 der Beinschutz
6 der Skiläufer	18 die Torstange	30 der Werfer
7 die Piste	**19 der Fußball**	31 der Kricketball
8 der Skiunterricht	20 die Eckfahne	32 die Stäbe*
9 der Skilehrer	21 der Stürmer	33 die Wurflinie
10 der Rodelschlitten	22 der Fußball	34 der Handschuh
11 die Slalomstrecke	23 die Pfeife	**35 das Rugby**
12 der Ski	**24 das Kricket**	36 das Gedränge

95 die Bowlingkugel	**100 das Gewehrschießen**	**106 das Boule**	112 der Squashball	118 der Pfeil
96 die Zielkugel	101 das Zielfernrohr	107 die Boulekugel	113 der Squashschläger	119 der Armschutz
97 das Tischtennis	102 das Gewehr	108 der Maßstab	114 das Aufschlagfeld	120 die Zielscheibe
98 der Tischtennis-schläger	103 der Schütze	109 der Bouleplatz	**115 das Bogenschießen**	121 das Schwarze
99 die Mittellinie	104 die Patronen*	**110 das Squash**	116 die Bogensehne	**122 das Krocket**
	105 die Schießanlage	111 der Squashplatz	117 der Bogen	123 die Klammern

37 der Einwerfer	48 das Mal	59 die Rennfarben*	71 die Triplebarre	83 der Steuermann
38 der Rugbyball	49 das Wurfmal	60 das Rennpferd	72 der Oxer	84 der Zweierbob
39 das Lacrosse	50 der Werfer	61 die Peitsche	73 die Reitstiefel*	85 die Leitkufe
40 der Schläger	**51 das Eishockey**	62 der Jockey	74 die Reithose	**86 das Curling**
41 der Baseball	52 der Schlittschuh	63 die Scheuklappen*	75 die Reitkappe	87 der Curlingbesen
42 der Fänger	53 der Schlägerhand-	64 der Zielpfosten	**76 das Surfen**	88 der Kapitän
43 die Schlagkeule	schuh	**65 das Kanufahren**	77 das Schwert	89 der Zielkreis
44 der Schlagmann	54 der Schienbeinschutz	66 der Kajak	78 das Surfbrett	90 die Eisbahn
45 der Handschuh	55 die Torlinie	67 der Bugmann	79 die Surfleine	91 der Curlingstein
46 das Schlagmal	56 der Torkreis	68 das Verdeck	**80 das Bobfahren**	**92 das Bowlingspiel**
47 der Außenfeld-	57 der Puck	**69 das Springreiten**	81 die Hinterkufe	93 die Bowlingmatte
spieler	**58 das Galopprennen**	70 das Rick	82 der Bremser	94 der Rasenplatz

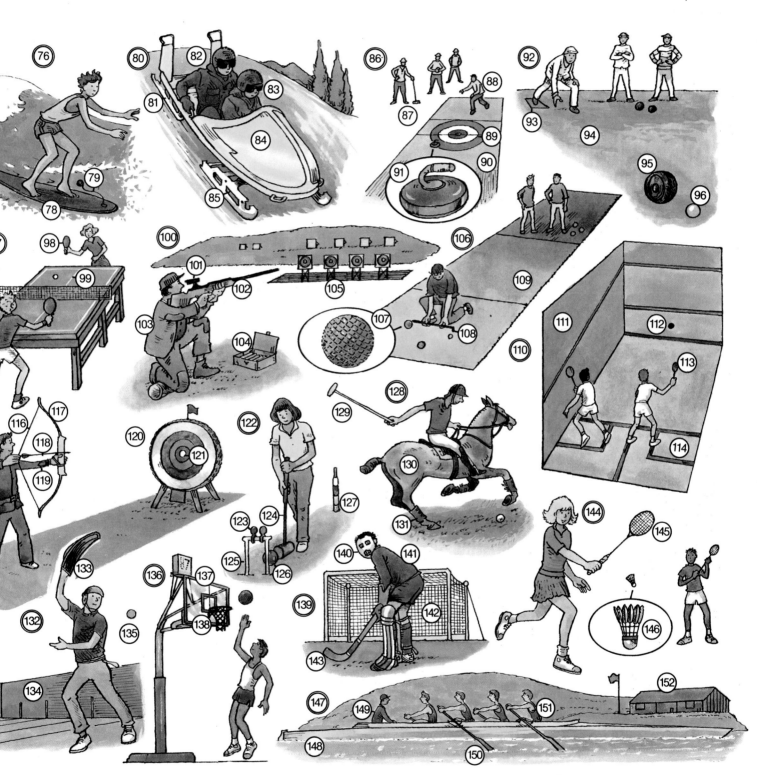

124 der Krockethammer	130 das Polopferd	**136 der Basketball**	142 das Tor	**147 das Rudern**
125 das Krockettor	131 die Beinbandage	137 das Brett	143 der Hockeyschläger	148 das Ruderboot
126 die Krocketkugel	**132 das Pelotaspiel**	138 der Korbring	**144 der Federball**	149 der Steuermann
127 der Zielpfahl	133 die Cesta	**139 das Hockey**	145 der Federball-	150 das Ruder
128 das Polo	134 die Jaialai	140 die Gesichtsmaske	schläger	151 der Ruderer
129 der Poloschläger	135 der Pelotaball	141 der Tormann	146 der Federball	152 der Bootsschuppen

11

Auf dem Bauernhof

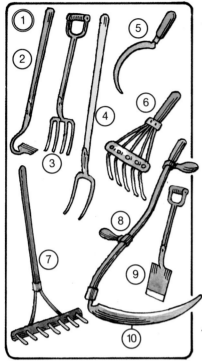

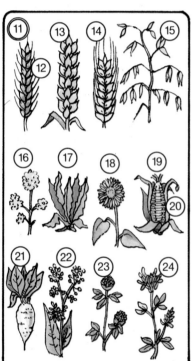

1 die Geräte*	16 der Senf	31 das Lamm	46 die Mähmaschine	60 die Gummistiefel
2 die Hacke	17 der Grünkohl	32 das Schaf	47 das Hühnerhaus	61 das Regenfaß
3 die Mistgabel	18 die Sonnenblume	33 der Schafbock	48 der Behälter für	62 der Futtertisch
4 die Heugabel	19 der Mais	34 der Eber	Hühnerfutter	63 die Mauer
5 die Sichel	20 der Kolben	35 der Rüssel	49 der Hase	64 der Schlauch
6 der Kartoffelrechen	21 die Zuckerrübe	36 die Sau	50 der Schuppen	65 die Hundehütte
7 der Heurechen	22 der Raps	37 das Ferkel	51 das Heunetz	66 die jungen Hunde
8 die Sense	23 der Klee	38 das Feld	52 der Stall	67 der Schlamm
9 der Spaten	24 die Luzerne	39 der Unterstand	53 das Bauernhaus	68 das Kaninchen
10 das Sensenblatt	25 die Kuh	40 die Pferdekoppel	54 der Fensterladen	69 der Kaninchenstall
11 die Feldfrüchte*	26 das Euter	41 das Tor	55 die junge Katze	70 die Bäuerin
12 der Roggen	27 das Kalb	42 die Bienen*	56 die Katze	71 die Eier*
13 der Weizen	28 der Schwanz	43 der Bienenstock	57 der Schweinestall	72 der Zaun
14 die Gerste	29 der Bulle	44 der Traktor	58 der Trog	73 das Riedgras
15 der Hafer	30 der Nasenring	45 die Hecke	59 der Reisigbesen	74 der Teich

				133 der Melker
5 der Pfau	90 die Federn*	104 das Wildgatter	118 der Landarbeiter	134 die Melkmaschine
6 die Ziege	91 der Schnabel	105 die Scheune	119 der Verwalter	135 der Anhänger
7 das Zicklein	92 das Huhn	106 die Säcke*	120 der Strohballen	136 die Walze
8 die Hörner*	93 die Vogelscheuche	107 die Heckenschneide-	121 der Milchtankwagen	**137 die Landmaschinen***
9 der Ziegenbock	94 die Furchen*	maschine	122 die Milch	138 der Feldhäcksler
0 die Stute	95 der Heuschober	108 der Bauer	123 der Melkstall	139 der Mähdrescher
1 das Fohlen	96 der Silo	109 das Getreide	124 das Pferd	140 die Strohballenpresse
2 der Esel	97 der Schäfer	110 die Werkstatt	125 die Mähne	141 die Drillmaschine
3 die Ente	98 der Hütehund	111 der Kuhstall	126 der Sattel	142 der Grubber
4 das Entenküken	99 das Schaf	112 die Box	127 der Reiter	143 die Egge
5 das Ackerpferd	100 die Wetterfahne	113 das Stroh	128 die Zügel*	144 der Pflug
6 der Truthahn	101 das Desinfektions--	114 der Heuboden	129 der Steigbügel	145 der Dünger
7 die Gans	bad für Schafe	115 die Ratte	130 der Huf	146 der Miststreuer
8 das Gänseküken	102 der Obstpflücker	116 die Leiter	131 der Kunstdünger	147 der Ballenlader
9 der Hahn	103 der Obstgarten	117 die Schleiereule	132 der Arbeitsanzug	148 der Sammelroder

Am Flughafen

9 der Servierwagen
0 die Schutzwand
1 der Notausgang
2 der verstellbare Sitz
3 die Filmleinwand
4 die Antenne

75 der Vorfeldwagen
76 die Bremsklappe
77 der Flügelspitze
78 der Windsack
79 die Landebahn-
   Befeuerung

80 die Start- und
   Landebahn
81 das Warnblinklicht
82 der Passagierraum
83 die Ansaugöffnung
84 der Bordingenieur

85 der Kopilot
86 der Pilot
87 das Cockpit
88 der Polizeiwagen
89 der Bodenlotse
90 die Ohrenschützer★

91 der Radarkopf
92 die Bugräder★
93 der Landeschein-
   werfer
94 die Stewardeß
95 der Rumpf
96 das Fahrwerk
97 das Düsentriebwerk
98 die Triebwerks-
   verkleidung
99 der Wartungs-
   monteur
100 der Terminal
101 das Geschäft für
   zollfreien Einkauf
102 der Ausgang
103 die Personen-
   kontrolle
104 die Wartehalle
105 der Paß
106 die Flugkarte
107 die Bordkarte
108 das Handgepäck
109 die Fluganzeige-
   tafel
110 das Gepäckband
111 die Gepäck-
   abfertigung
112 die Abfertigungs-
   halle
113 die Fluginformation
114 der Flughafen-
   angestellte
115 die Zimmer-
   vermittlung
116 der Autoverleih
117 die Ankunftshalle
118 die Zollkontrolle
119 das Gepäck-
   Rundlaufband
120 die Gepäckausgabe
121 der Grenzbeamte
122 die Paßabfertigung
123 das Laufband
**124 die Wartungs- und
   Versorgungs-
   fahrzeuge★**
125 der Tankwagen
126 der Frischwasser-
   wagen
127 der Frischluft-
   versorgungs-
   wagen
128 der Generator-
   wagen
129 der Gepäckzug
130 die Schnee-
   schleuder
131 das Wartungs-
   fahrzeug mit
   Hebebühne
132 das Verlade-
   fahrzeug
133 der Toilettenwagen
134 der Bus für die
   Besatzung
135 der Eiswagen
136 der Passagierbus
137 der Abschlepp-
   wagen
138 das Löschfahrzeug

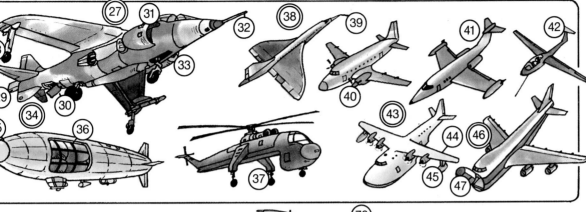

15

Der Strand und das Meer

1 die Höhle
2 das Strandcafé
3 das Megaphon
4 das Fernrohr
5 der Bademeister
6 die Umkleidekabine
7 die Eisbude
8 das Tretboot
9 der Krabbenfänger
10 der Poller
11 der Rettungsring
12 die Promenade
13 der Windschutz
14 der Sonnenhut
15 der Sonnenschirm
16 das Krabbennetz
17 der Seehund
18 der junge Seehund
19 die Flutgrenze
20 der Kormoran
21 die Badehose
22 der Flügel
23 die Badetasche
24 der Picknickkoffer
25 das Badetuch
26 der Liegestuhl
27 der Sand
28 der Wasserball
29 der Schwimmflügel
30 der Schulp
31 der Felsen
32 der Eimer
33 die Sandburg
34 der Spaten
35 **der Felsentümpel**
36 die Große
   Scheidenmuschel
37 die Seescheide
38 die Turmschnecke
39 die Austern*
40 die Schere
41 der Krebs
42 die Seeanemone
43 die Röhrenqualle
44 das Seegras
45 die Seepocke
46 die Muscheln*
47 die Wellhorn-
   schnecke
48 die Herzmuscheln*
49 die Napfschnecken*
50 die Entenmuschel
51 die Seespinne
52 die Garnele
53 die Meeresschnecke
54 die Strandschnecke
55 die Eikapsel
56 der Seeigel
57 der Einsiedlerkrebs
58 der Seestern
59 die Pilgermuschel
60 der Hummer
61 die Hummerschere
62 die Qualle
63 der Delphin
64 die Flosse
65 der Seetang

66 der Rochen
67 der Aal
68 der Fächerfisch

69 die Stacheln*
70 der Schwertfisch
71 der Krake

72 die Atemröhre
73 der Saugnapf
74 der Fangarm

75 die Sepia
76 das Taucherboot

88 die Bucht
89 die Insel
90 das Floß
91 der Schnorchel
92 die Fischkisten*
93 das Netz
94 die Wurfscheibe
95 der Wellenbrecher
96 der Windsurfer
97 der Schwimmer
98 die Boje
99 das Meer
100 die Schwimmflosse
101 die Taucherbrille
102 die Möwe
103 die Brandung
104 der Sandwurm
105 der Anker
106 der Krebskorb
107 der Pfosten
108 der Hummerkorb
109 der Landesteg
110 das Treibholz
111 die Welle
112 der Fischer
113 das Fischerboot
114 die Seenadel
115 das Seepferdchen
116 die Wasser-
    schildkröte
117 der Sägefisch
118 die Riesenvenus-
    muschel
119 der Tümmler
120 die Seeschlange
121 der Hai
122 der Wal
123 der Taucher
124 die Unterwasser-
    kamera
125 die Koralle
126 das Tauchfahrzeug
127 der Kommando-
    turm
128 der Navigator
129 der Ballasttank
130 der Käfig
131 das Kabel
132 das Wrack
133 die Harpune
134 der Bleigürtel
135 die Aqualunge
136 der Aquascooter
137 der Taucheranzug
138 der Tiefenmesser
139 die wasserdichte
    Uhr
140 der Sauerstoff-
    schlauch
141 der Tiefseetaucher
142 der Taucherhelm
143 der Tiefseegraben
144 das Tiefseetauch-
    boot
145 der Druckkörper
146 die akustische
    Sonde
147 die Tiefseetafel

77 die Wasserdüse	79 der Greifarm	82 der Strandwärter	85 die Rettungsstation	146 die akustische
78 der Suchschein- werfer	80 der Tintenfisch	83 die Dünen*	86 die Helling	
	81 der Schwamm	84 das Nebelhorn	87 der Leuchtturm	147 die Tiefseetafel

17

Das Essen

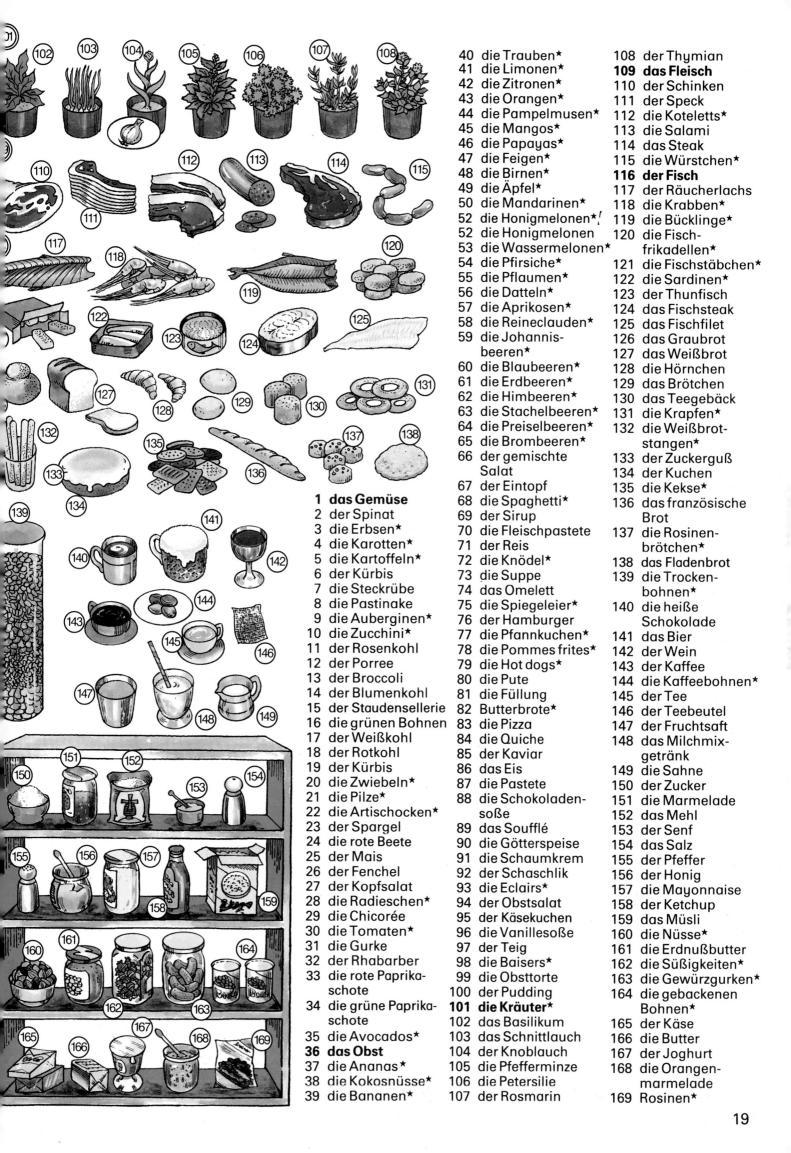

1 **das Gemüse**
2 der Spinat
3 die Erbsen*
4 die Karotten*
5 die Kartoffeln*
6 der Kürbis
7 die Steckrübe
8 die Pastinake
9 die Auberginen*
10 die Zucchini*
11 der Rosenkohl
12 der Porree
13 der Broccoli
14 der Blumenkohl
15 der Staudensellerie
16 die grünen Bohnen
17 der Weißkohl
18 der Rotkohl
19 der Kürbis
20 die Zwiebeln*
21 die Pilze*
22 die Artischocken*
23 der Spargel
24 die rote Beete
25 der Mais
26 der Fenchel
27 der Kopfsalat
28 die Radieschen*
29 die Chicorée
30 die Tomaten*
31 die Gurke
32 der Rhabarber
33 die rote Paprika-
schote
34 die grüne Paprika-
schote
35 die Avocados*
36 **das Obst**
37 die Ananas*
38 die Kokosnüsse*
39 die Bananen*

40 die Trauben*
41 die Limonen*
42 die Zitronen*
43 die Orangen*
44 die Pampelmusen*
45 die Mangos*
46 die Papayas*
47 die Feigen*
48 die Birnen*
49 die Äpfel*
50 die Mandarinen*
52 die Honigmelonen*
52 die Honigmelonen
53 die Wassermelonen*
54 die Pfirsiche*
55 die Pflaumen*
56 die Datteln*
57 die Aprikosen*
58 die Reineclauden*
59 die Johannis-
beeren*
60 die Blaubeeren*
61 die Erdbeeren*
62 die Himbeeren*
63 die Stachelbeeren*
64 die Preiselbeeren*
65 die Brombeeren*
66 der gemischte
Salat
67 der Eintopf
68 die Spaghetti*
69 der Sirup
70 die Fleischpastete
71 der Reis
72 die Knödel*
73 die Suppe
74 das Omelett
75 die Spiegeleier*
76 der Hamburger
77 die Pfannkuchen*
78 die Pommes frites*
79 die Hot dogs*
80 die Pute
81 die Füllung
82 Butterbrote*
83 die Pizza
84 die Quiche
85 der Kaviar
86 das Eis
87 die Pastete
88 die Schokoladen-
soße
89 das Soufflé
90 die Götterspeise
91 die Schaumkrem
92 der Schaschlik
93 die Eclairs*
94 der Obstsalat
95 der Käsekuchen
96 die Vanillesoße
97 der Teig
98 die Baisers*
99 die Obsttorte
100 der Pudding
101 **die Kräuter***
102 das Basilikum
103 das Schnittlauch
104 der Knoblauch
105 die Pfefferminze
106 die Petersilie
107 der Rosmarin

108 der Thymian
109 **das Fleisch**
110 der Schinken
111 der Speck
112 die Koteletts*
113 die Salami
114 das Steak
115 die Würstchen*
116 **der Fisch**
117 der Räucherlachs
118 die Krabben*
119 die Bücklinge*
120 die Fisch-
frikadellen*
121 die Fischstäbchen*
122 die Sardinen*
123 der Thunfisch
124 das Fischsteak
125 das Fischfilet
126 das Graubrot
127 das Weißbrot
128 die Hörnchen
129 das Brötchen
130 das Teegebäck
131 die Krapfen*
132 die Weißbrot-
stangen*
133 der Zuckerguß
134 der Kuchen
135 die Kekse*
136 das französische
Brot
137 die Rosinen-
brötchen*
138 das Fladenbrot
139 die Trocken-
bohnen*
140 die heiße
Schokolade
141 das Bier
142 der Wein
143 der Kaffee
144 die Kaffeebohnen*
145 der Tee
146 der Teebeutel
147 der Fruchtsaft
148 das Milchmix-
getränk
149 die Sahne
150 der Zucker
151 die Marmelade
152 das Mehl
153 der Senf
154 das Salz
155 der Pfeffer
156 der Honig
157 die Mayonnaise
158 der Ketchup
159 das Müsli
160 die Nüsse*
161 die Erdnußbutter
162 die Süßigkeiten*
163 die Gewürzgurken*
164 die gebackenen
Bohnen*
165 der Käse
166 die Butter
167 der Joghurt
168 die Orangen-
marmelade
169 Rosinen*

Die Burg

1 der Fußsoldat
2 die Hellebarde
3 der Helm
4 die Pike
5 die Armbrust
6 der Bügel
7 der Bolzen
8 der Drücker
9 der Köcher
10 die Pfeile
11 der Bogen
12 die Axt
13 der Morgenstern
14 der Streitkolben
15 der Dolch
16 der Belagerungs-
   turm
17 der Sturmbock
18 die Balliste
19 die Schleuder
20 die Steinschleuder-
   maschine
21 die Schutzwehr
22 der Bogenschütze
23 die Katapult-
   schleuder
24 der Feuertopf
25 das siedende Öl
26 die Kanone
27 das Bodenstück
28 das Zündloch
29 der Ladepfropf
30 die Kanonen-
   kugeln*
31 die Patrone
32 die Mündung
33 die Lafette
34 der Docht
35 der Ladestock
36 der Ritter
37 das wattierte Hemd
38 der Knappe
39 die Beinkleider*
40 die Kapuze
41 das Kettenhemd
42 der Schuppen-
   panzer
43 der Schildpanzer
44 die Haube
45 das Bruststück
46 die Schuhe*
47 die Schulterkachel
48 der Waffenrock
49 der große Helm
50 das Wappen
51 die Scheide
52 das breite Schwert
53 die Beinröhre
54 die Lanze
55 der Schild
56 das Turnier
57 der Stechpfosten
58 der Federbusch
59 das Zelt
60 die Edelleute*
61 der Kranz
62 der Roßharnisch

63 die Barriere
64 der Turniersattel
65 die Helmzier
66 die Trompeter
67 der Herold
68 die Burg
69 das Mauertürmchen
70 der Zinnenkranz
71 das herrschaftliche
   Schlafgemach
72 der Wachturm
73 das Spitzbogen-
   fenster
74 der Freiherr
75 der Schneider
76 die Freifrau
77 die Magd
78 der Wandteppich
79 der Kaplan
80 das Kreuz
81 die Kapelle
82 der Minnesänger
83 die Pritsche
84 die Galerie
85 der fahrende
   Spielmann
86 der Zuber
87 die Kerze
88 der Saal
89 der Kamin
90 die Wendeltreppe
91 das Faß
92 das Verlies
93 der Gefangene
94 die Ketten*
95 der Kerkermeister
96 der Abort
97 die Bank
98 das Tischgestell
99 der Narr
100 die Böschungs-
    fläche
101 der Kessel
102 die Kochhütte
103 das Strohdach
104 das Kräuterbeet
105 der Burggarten
106 der Obstbaum
107 der Blasebalg
108 der große Ofen
109 der Spieß
110 die Wache
111 der Feuerschutz
112 das Backhaus
113 das Packpferd
114 der Händler
115 die Holztreppe
116 der Burghof
117 die Treppen-
    spindel
118 die Schießscharte
119 der Rauchabzug
120 die Schmiede
121 der Waffen-
    schmied
122 der Bauer
123 der Fischteich

124 die Wäscherin
125 der Schuhmacher
126 der Holzfäller
127 der Dachdecker
128 der Burggraben
129 der Hofmeister
130 die Nonne
131 der Mönch
132 der Torbogen
133 die Baumstämme*
134 die Jagdhunde*

135 der Hundeaufseher
136 der Karren
137 die Hütte
138 der Brunnen
139 der Taubenschlag
140 die Tauben*
141 der Stallbursche
142 die Stange
143 der Falkner
144 der Falke
145 der Falkenhof

146 der Wehrgar
147 die Ringmau
148 die Schildwa
149 der Zinnenzo
150 die Zinnenlü
151 die Bretterbu
152 das Torhaus
153 das Fallgatte
154 die Zugbrücke
155 der Bettler
156 der Graben

21

Musik

1 die große Trommel
2 die Trommel-
   schlegel*
3 die kleine Trommel
4 die Posaune
5 der Posaunenzug
6 die Wasserklappe
7 die Kesselpauke
8 das Trommelfell
9 das Pedal
10 das Fagott
11 das S-Rohr
12 die Oboe
13 die Klappen*
14 die Zunge
15 die Querflöte
16 das Blasloch
17 die Geige
18 die Kinnstütze
19 der Geigenbogen
20 die Klarinette
21 die Bratsche
22 der Saitenhalter
23 die Schnecke
24 die Tuba
25 das Ventil
26 das Mundstück
27 das Waldhorn
28 das Englischhorn
29 die Pikkoloflöte
30 das Mundstück
31 das Cello
32 das Orchester
33 das Glockenspiel
34 das Xylophon
35 die Orgel
36 die Register*
37 die Orgelpfeifen*
38 das Schlagzeug
39 die Becken*
40 der Flötist
41 die Holzblas-
   instrumente*
42 die Blechblas-
   instrumente*
43 die Streich-
   instrumente*
44 die Harfenistin
45 die Harfe
46 die Geiger*
47 die Bratschisten*
48 der Notenständer
49 der Dirigent
50 das Notenblatt
51 das Pult
52 die Cellisten*
53 die Kontrabaßspieler*
54 die Rockgruppe
55 die Lautsprecherbox
56 das Schlagzeug
57 das Tamtam
58 der Schlagzeuger
59 die kleine Trommel
60 das Becken
61 das Hi-hat
62 die Background-
   Sänger*

63 das Mikrophon
64 der Kontaktschalter
65 der Verstärker
66 die Baßgitarre
67 das elektrische
   Klavier

68 der Synthesizer
69 die erste Gitarre
70 die elektrische
   Orgel
**71 die elektrische
   Gitarre**

72 das Wirbelbrett
73 der Hals
74 der Bund
75 der Tonabnehmer
76 das Schlagbrett
77 der Tremolo-Hebel

78 die Regelknöpfe*
79 die Steckdose
80 der Kontrabaß-
   bogen
81 der Kontrabaß
82 die Saiten*

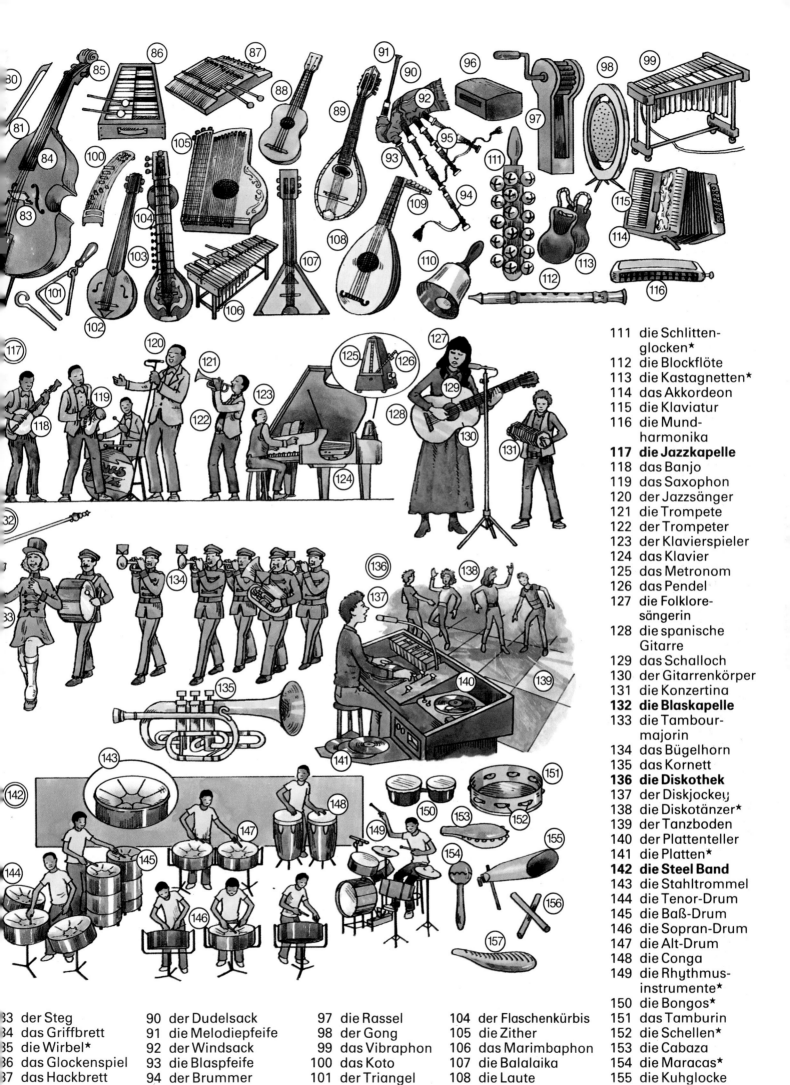

111 die Schlitten-
    glocken*
112 die Blockflöte
113 die Kastagnetten*
114 das Akkordeon
115 die Klaviatur
116 die Mund-
    harmonika
117 die Jazzkapelle
118 das Banjo
119 das Saxophon
120 der Jazzsänger
121 die Trompete
122 der Trompeter
123 der Klavierspieler
124 das Klavier
125 das Metronom
126 das Pendel
127 die Folklore-
    sängerin
128 die spanische
    Gitarre
129 das Schalloch
130 der Gitarrenkörper
131 die Konzertina
132 die Blaskapelle
133 die Tambour-
    majorin
134 das Bügelhorn
135 das Kornett
136 die Diskothek
137 der Diskjockey
138 die Diskotänzer*
139 der Tanzboden
140 der Plattenteller
141 die Platten*
142 die Steel Band
143 die Stahltrommel
144 die Tenor-Drum
145 die Baß-Drum
146 die Sopran-Drum
147 die Alt-Drum
148 die Conga
149 die Rhythmus-
    instrumente*
150 die Bongos*
151 das Tamburin
152 die Schellen*
153 die Cabaza
154 die Maracas*
155 die Kuhglocke
156 die Klanghölzer*
157 der Guiro

83 der Steg	90 der Dudelsack	97 die Rassel	104 der Flaschenkürbis	
84 das Griffbrett	91 die Melodiepfeife	98 der Gong	105 die Zither	
85 die Wirbel*	92 der Windsack	99 das Vibraphon	106 das Marimbaphon	
86 das Glockenspiel	93 die Blaspfeife	100 das Koto	107 die Balalaika	
87 das Hackbrett	94 der Brummer	101 der Triangel	108 die Laute	
88 die Ukulele	95 die Tenorbrummer*	102 die Tanbur	109 der Wirbelkasten	
89 die Mandoline	96 der Holzblock	103 die Sitar	110 die Glocke	

Auf dem Land

1 der Fischotter
2 der Igel
3 die Wegschnecke
4 die Spitzmaus
5 der Hirsch
6 das Geweih
7 der Käfer
8 das Rehkitz
9 das Reh
10 der Kiefernzapfen
11 das Eichhörnchen
12 der Kobel
13 die Fuchswelpen*
14 der Fuchs
15 der Dachs
16 die Feldmaus
17 die Wasserratte
18 die Wolke
19 der Drachenflieger
20 der Heißluftballon
21 der Gasbrenner
22 der Korb
23 der Sandsack
24 der Regenbogen
25 die Windmühle
26 der Regen
27 das Tal
28 der Rucksack

29 der Karabinerhaken
30 der Kletterhaken
31 der Schutzhelm
32 der Kletterschuh
33 der Bergsteiger
34 der Kombihammer
35 der Felsen
36 das Kletterseil

37 der Klettergürtel
38 das Dorf
39 der Friedhof
40 der Drachen
41 der Kirchturm
42 der Tunnel
43 der Kanal
44 der Schleppkahn

45 die Kirche
46 der Telegraphen-
   mast
47 der Schuppen
48 das Gewächshaus
49 die Kletterpflanze
50 das Haus
51 die Schaukel

52 der Garten
53 die Pflanze
54 das Blumenbeet
55 der Rasen
56 der Sandkasten
57 das Planschbecken
58 die Rutsche
59 das Klettergerüst

24

91 der Himmel
92 der Habicht
93 der Hügel
94 der Ast
95 der Vogel
96 der Nestling
97 das Nest
98 der Steinbruch
99 die Hochspan-
   nungsleitung
100 der Stahlmast
101 die Blockhütte
102 die Schleuse
103 der See
104 das Elektrizitäts-
    werk
105 die Hecke
106 die Reiter*
107 der Baum
108 der Wald
109 der Waldarbeiter
110 die Hängematte
111 die Anhänger-
    kupplung
112 die Brücke
113 das Ufer
114 der Busch
115 der Campingplatz
116 der Grill
117 das Brennholz
118 die Holzkohle
119 der Campingtisch
120 die Campingliege
121 die Rinde
122 der Angler
123 der Fluß
124 der Kompaß
125 der Vogel-
    beobachter
126 das Fernglas
127 die Landkarte
128 der Camping-
    kocher
129 das Spannseil
130 der Wasser-
    behälter
131 das Vordach
132 die Taschenlampe
133 die Zeltstange
134 die Kühltasche
135 die Luftmatratze
136 der Schlafsack
137 die Zeltlampe
138 das Zelt
139 der Hering
140 der Nachtfalter
141 die Wurzel
142 das Moos
143 der Baumstumpf
144 die Fliegenpilze*

0 der Schmetterling
1 der Maulwurfs
  hügel
2 der Maulwurf
3 der Wasserfall
4 der Wanderer
5 die Libelle
6 der Wegweiser

67 der Weg
68 der Angelkoffer
69 die Angelrute
70 das Netz
71 das Gras
72 die Schwalbe
73 die Schildkröte
74 die Taube

75 der Marienkäfer
76 der Fasan
77 die Heuschrecke
78 der Frosch
79 die Seerose
80 das Seerosenblatt
81 die Ameise
82 die Kröte

83 die Hummel
84 die Blume
85 der Schwan
86 die Raupe
87 die Wespe
88 die Spinne
89 das Spinnennetz
90 die Schnecke

25

Auf der Straße

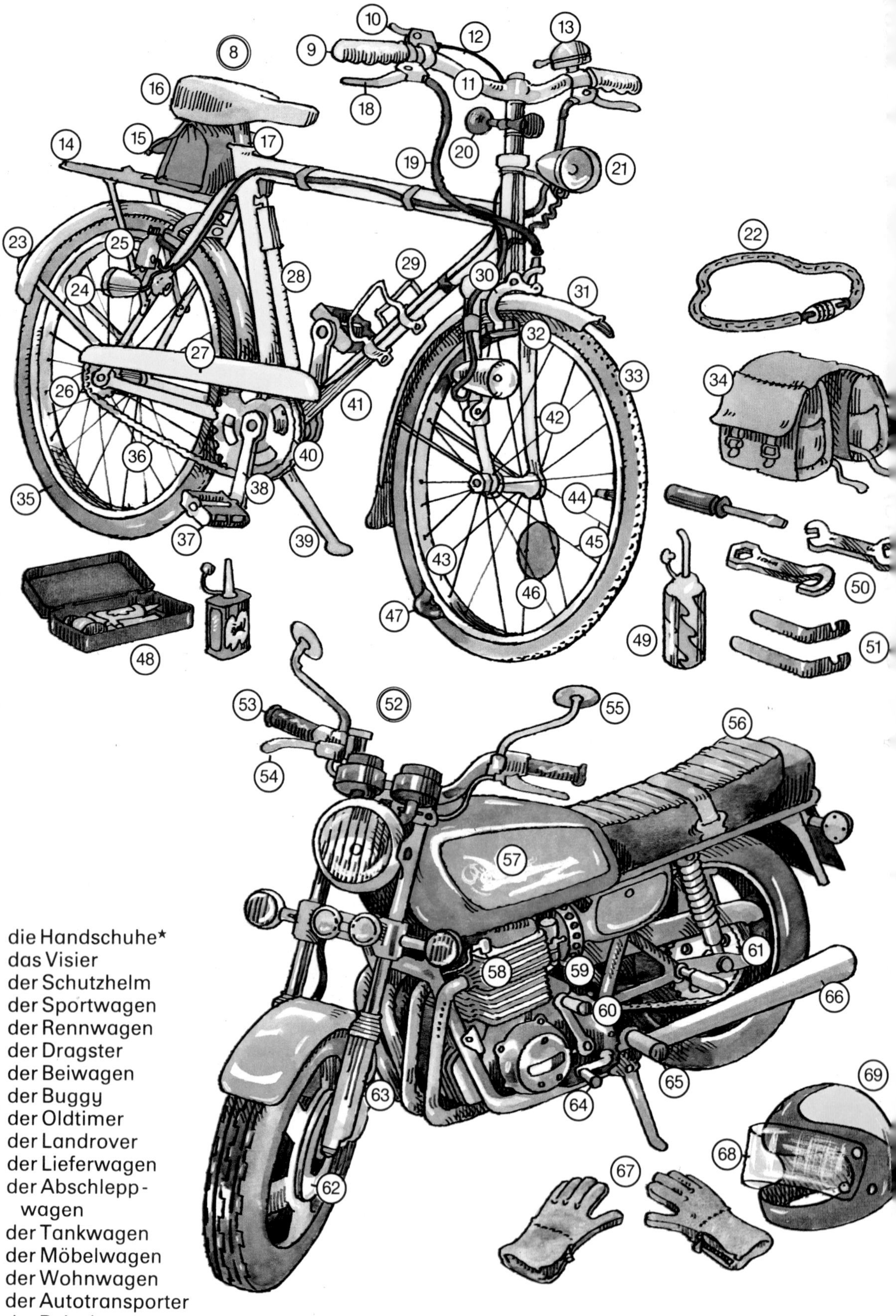

1 das Tandem
2 das Dreirad
3 das Crossrad
4 das Rennrad
5 der Motorroller
6 das Moped
7 das Go-Kart
8 das Fahrrad
9 der Griff
10 der Schalthebel
11 die Lenkstange
12 das Schaltungskabel
13 die Glocke
14 der Gepäckträger
15 die Werkzeugtasche
16 der Sattel
17 die Sattelstütze
18 der Bremshebel
19 das Bremskabel
20 die Hupe
21 die Fahrradlampe
22 das Schloß
23 der Rückstrahler
24 das Rücklicht
25 der Dynamo
26 der Zahnkranz
27 der Kettenschutz
28 die Luftpumpe
29 der Flaschenhalter
30 die Felgenbremse
31 das Schutzblech
32 der Bremsbelag
33 das Vorderrad
34 die Satteltaschen*
35 das Hinterrad
36 die Fahrradkette
37 das Pedal
38 die Tretkurbel
39 der Ständer
40 das Kettenrad
41 der Rahmen
42 die Vorderradgabel
43 die Felge
44 das Ventil
45 die Speichen*
46 der Speichenreflektor
47 der Schlauch
48 das Flickzeug
49 die Trinkflasche
50 der Schrauben-
   schlüssel
51 das Montiereisen
52 das Motorrad
53 der Gasgriff
54 der Schalthebel
55 der Rückspiegel
56 der Beifahrersitz
57 der Benzintank
58 die Zündkerze
59 der Vergaser
60 der Kickstarter
61 die Trommelbremse
62 die Scheibenbremse
63 die Teleskopgabel
64 das Bremspedal
65 die Fußstütze
66 der Auspufftopf

67 die Handschuhe*
68 das Visier
69 der Schutzhelm
70 der Sportwagen
71 der Rennwagen
72 der Dragster
73 der Beiwagen
74 der Buggy
75 der Oldtimer
76 der Landrover
77 der Lieferwagen
78 der Abschlepp-
   wagen
79 der Tankwagen
80 der Möbelwagen
81 der Wohnwagen
82 der Autotransporter
83 der Reisebus
84 der Linienbus
85 der Doppeldeckerbus
86 der Obus
87 der Kombiwagen
88 der Krankenwagen
89 die Feuerwehr
90 das Müllauto
91 der Lastwagen
92 der Kipplaster

93 die Werkstatt
94 die Zapfsäule
95 die Waschanlage
96 der Prüfstand
97 der Dachgepäckträger
98 der Mechaniker
99 die Hebebühne
100 das Luftdruckmeßgerät

101 das Auto
102 der vordere Kotflügel
103 die Parkleuchte
104 die vordere
    Stoßstange
105 der Scheinwerfer
106 der Kühler
107 der Keilriemen

108 der Ventilato
109 der Zylinderk
110 der Luftfilter
111 die Batterie
112 der Außensp
113 die Federung
114 das Fahrgest
115 der Kolben

26

16 der Verteiler	123 das Armaturenbrett	131 die Handbremse	139 der Rückfahr-	146 der Tankdeckel
17 der Ölfilter	124 der Sicherheitsgurt	132 der Rücksitz	scheinwerfer	147 die Radnabe
18 die Ölwanne	125 die Kopfstütze	133 der Auspufftopf	140 die Fußpumpe	148 der Bremskeil
19 das Tachometer	126 das Gaspedal	134 das Kardangelenk	141 das Nummernschild	149 die Ölkanne
20 die Benzinuhr	127 die Fußbremse	135 die Antriebswelle	142 das Auspuffrohr	150 der Werkzeugkasten
21 die Windschutz-	128 die Kupplung	136 der Kofferraum	143 die hintere Stoßstange	151 der Kreuzschlüssel
scheibe	129 das Getriebe	137 das Bremslicht	144 das Rücklicht	152 der Wagenheber
22 das Lenkrad	130 der Schaltknüppel	138 das Reserverad	145 das Blinklicht	153 der Reifen

In der Stadt

1 das Hochhaus
2 die Wohnungen*
3 der Balkon
4 die Feuerwache
5 die Sirene
6 die Tankstelle
7 die Hochstraße
8 die Feuerleiter
9 das Hotel
10 der Übergang
11 der Hotelpage
12 der Portier
13 der Koffer
14 der Empfang
15 die Empfangshalle
16 der Lieferwagen
17 das Bürogebäude
18 die Telefonzentrale
19 die Stenotypistin
20 das Büro
21 die Fassaden-
   malerei
22 das Dachfenster
23 das Postamt
24 die Sortierstelle
25 der Briefkasten
26 der Postbote
27 die Pakete*
28 das Postauto
29 die Imbißstube
30 die Kellnerin
31 die Markise
32 das Denkmal
33 die Menschen-
   menge
34 die Absperrung
35 die Bank
36 der Kassierer
37 der Wachmann
38 der Geldtransporter
39 der Dachgarten
40 der Tresorraum
41 der Supermarkt
42 der Lagerraum
43 die Leuchtreklame
44 der Einkaufswagen
45 die Schlange
46 das Kino
47 das Aushänge-
   schild
48 das Fischgeschäft
49 der Fischhändler
50 der Verkäufer
51 die Drogerie
52 die Kasse
53 die Zeitung
54 der Zeitungsstand
55 die Säule
56 das Straßenschild
57 die Trockenhauben*
58 der Frisiersalon
59 der Friseur
60 das Verkehrs-
   zeichen
61 der Polizist
62 der Radfahrer
63 die Telefonzelle

64 das Telefonkabel
65 die Stufen*
66 die Frau
67 die Gasleitung
68 die Fahne
69 der Fahnenmast
70 der Taxistand
71 der Fensterputzer
72 das Kaufhaus
73 die Straßenlampe
74 das Krankenhaus
75 die Schule

28

76 der Lehrer	80 der Müllwagen	84 die Schaufenster-	87 die Auffahrt
77 der Schüler	81 der Abfall	puppe	88 der Buggy
78 das Taxi	82 die Drehtür	85 der Träger	89 die Politesse
79 der Straßenkehrer	83 der Dekorateur	86 der Patient	90 die Parkuhr

91 die Parkbank
92 die Kinderfrau
93 der Kinderwagen
94 der Springbrunnen
95 der Park
96 der Torpfosten
97 das Gitter
98 der Motorradfahrer
99 der Beifahrer
100 die Haltestelle
101 der Busfahrer
102 die Fahrgäste*
103 der Rauch
104 der Feuerwehr-
mann
105 das Blaulicht
106 das Feuer
107 der Wasser-
schlauch
108 das Sprungtuch
109 die Reklame
110 der Bücherstand
111 der Buchhändler
112 die Tragetasche
113 der Schuhstand
114 die Schuhe*
115 der Andenken-
stand
116 die T-shirts*
117 der Poster
118 die Buttons*
119 der Obststand
120 die Trage
121 der Unfall
122 der Hydrant
123 der Bürgersteig
124 die Bordsteinkante
125 der Stadtstreicher
126 die Gemälde*
127 die Ampel
128 der Gemüsestand
129 der Spielzeugstand
130 der Bekleidungs-
stand
131 der Pullover
132 die Hosen*
133 die Kleider*
134 die Hüte*
135 der Kleiderständer
136 die Socken*
137 die Mäntel*
138 der Blumen-
verkäufer
139 der Stadtplan
140 der Umformer
141 der Kanaldeckel
142 der Abfallkorb
143 der Zebrastreifen
144 der Fußgänger
145 der Einstiegschacht
146 die Stromleitung
147 der Mann
148 die Unterführung
149 das Wasserrohr
150 das Abwasser
151 die Kanalisation
152 der Schieber-
schacht
153 der Absperr-
schlüssel
154 der Gully

Spielzeuge und Spiele

1 die Puppe
2 die Stoffpuppe
3 die Prinzessin
4 der Prinz
5 der König
6 die Krone
7 die Königin
8 die Fee
9 der Zauberstab
10 die Ballerina
11 der Besen
12 die Hexe
13 die Braut
14 der Bräutigam
15 das Blumen-
   mädchen
16 der Blumenjunge
17 der Matrose
18 das Mobile
19 der Papagei
20 die Tafel
21 das Etui
22 der Füller
23 der Kugelschreiber
24 die Bleistifte*
25 die Wachsmalstifte*
26 der Radiergummi
27 das Lineal
28 die Wasserfarben*
29 die Filzstifte*
30 die Ziffern*
31 die Buchstaben*
32 der Notizblock
33 der Abakus
34 die Perlen*
35 die Bausteine*
36 der Magnet
37 der Globus
38 der Chemiekasten
39 das Reagenzglas
40 der Spiritusbrenner
41 der Becher
42 der Trichter
43 der Glaskolben
44 die Lupe
45 das Mikroskop
46 das Kaleidoskop
47 die Luftballons*
48 die Papierhüte*
49 die Feuerwerks-
   körper*
50 die Laterne
51 der Totempfahl
52 das Indianerzelt
53 der Kopfschmuck
54 der Indianer-
   häuptling
55 die Indianerfrau
56 das Indianerbaby
57 das Fort
58 der Reiter
59 der Indianerkrieger
60 der Tomahawk
61 der Schachtelteufel
62 die Musikbox
63 die Spardose

64 das Riesenrad
65 das Karussell
66 das Schaukelpferd
67 das Marionetten-
   theater
68 die Marionette
69 die Kasperlepuppe
70 das Puppenhaus
71 die Puppenwiege
72 der Eisbär
73 der Panda
74 das Nashorn
75 das Kamel
76 die Pinguine*
77 das Känguruh

30

8 das Zebra
9 der Leopard
0 der Affe
1 das Krokodil
2 das Gespenst

83 der Engel
84 der Zauberer
85 die Pistole
86 der Seeräuber
87 der Schatz

88 die Seeschlange
89 der Drachen
90 der Kobold
91 der Zwerg
92 der Schlitten

93 der Weihnachts-
   mann
94 der Teddybär
95 das Rentier

96 der Weihnachts-
   strumpf
97 die Geldbörse
98 das Geld
99 die Stickerei
100 die Wolle
101 die Stricknadel
102 der Panzer
103 die Infanteristen*
104 der Kranwagen
105 die Planierraupe
106 das Rennauto
107 die Modell-
    Rennbahn
108 das Raumschiff
109 das Steckenpferd
110 der Springstock
111 die Stelzen*
112 der Hula-Hoop-
    Reifen
113 der Roller
114 das Springseil
115 der Kreisel
116 die Kegel
117 die Murmeln*
118 das Brettspiel
119 die Spielkarten*
120 die Würfel*
121 die Spielmarken*
122 das Schachbrett
123 die Schachfiguren*
124 das Puzzle
125 die Dominosteine*
126 das Holzpuzzle
127 der Billardtisch
128 die Billardkugel
129 das Queue
130 der Roboter
131 die Rassel
132 der Picknickkoffer
133 das Taschenmesser
134 der Schlüssel-
    anhänger
135 die Schlüssel*
136 die Taschenlampe
137 die Schreib-
    maschine
138 das Radio
139 der Plattenspieler
140 das Funksprech-
    gerät
141 der Kassetten-
    recorder
142 die Kassetten*
143 die Elektronikspiele*
144 die Kassette
145 das Telespiel
146 der Steuerknüppel
147 der Computer
148 der Taschenrechner
149 der Tiger
150 der Löwe
151 der Elefant
152 das Flußpferd
153 der Koalabär
154 die Giraffe
155 der Strauß
156 der Büffel
157 der Wolf
158 die Schlange
159 der Dinosaurier

Berufe

1 der Weber
2 das Farbbad
3 der Webstuhl
4 das Gewebe
5 der Kettbaum
6 das Sperrwerk
7 die Trittbretter*
8 das Garn
9 das Schiffchen
10 der Kamm
11 die Garnwickel-
   maschine
12 der Töpfer
13 der Brennofen
14 der Ton
15 die Modellierhölzer*
16 der Greifzirkel
17 das Töpfermesser
18 die Modellier-
   schlinge
19 der Schneidedraht
20 die Töpferscheibe
21 das Spritzbecken
22 die Glasur
23 der Schmied
24 der Streckhammer
25 der Setzhammer
26 der Stempel
27 das Schnörkeleisen
28 die Schnörkel-
   klammer
29 der Schraubstock
30 die Feuerhaken*
31 der Rauchfang
32 das Eisen
33 der Löschtrog
34 die Zangen*
35 die Lochplatte
36 der Beschlagkasten
37 der Stößel
38 der Vorschlag-
   hammer
39 der Amboß
40 der Kunstmaler
41 die Leinwand
42 das Modell
43 der Keilrahmen
44 der Malkasten
45 die Ölfarben*
46 der Kittel
47 der Lappen
48 die Staffelei
49 der Zeichenblock
50 das Podest
51 der Drahthefter
52 die Palette
53 der Palettstecker
54 das Palettmesser
55 der Pinsel
56 der Malspachtel
57 die Kohlestifte*
58 das Terpentin
59 der Gärtner
60 der Komposthaufen
61 das Spalier
62 die Glasglocke
63 die Blumentöpfe*
64 das Frühbeet

65 die Schnur
66 das Pflanzholz
67 die Arbeitshand-
   schuhe*
68 die Gartengeräte*

69 der Schubkarren
70 die Heckenschere
71 der Rasenmäher
72 der Spankorb
73 die Setzlinge*

74 die Saatkiste
75 die Gießkanne
76 die Tülle
77 die Blumenzwiebeln*
78 die Gartenschere

79 die Schneiderin
80 die Nähmaschin
81 die Garnrolle
82 die Oberfaden-
   spannung

102 die Gehrungs-
    zwinge
103 der Tischler-
    hammer
104 das Universal-
    messer
105 der Fuchsschwanz
106 die Gehrungslade
107 die Formleiste
108 der Fotograf
109 der Fotoapparat
110 der Schalthebel
111 der Auslöseknopf
112 die Blenden-
    einstellung
113 das Blitzlicht
114 die Rückspulkurbel
115 der Blendenring
116 die Entfernungs-
    einstellung
117 die Linse
118 der Reflexschirm
119 die Windmaschine
120 der Film
121 das Stativ
122 der Hintergrund
123 die Dunkelkammer
124 die Dunkel-
    kammerleuchte
125 die Reflektorleuchte
126 der Röhrenblitz
127 das Netzgerät
128 das Teleobjektiv
129 der Diaprojektor
130 das Blitzlicht
131 die Fototasche
132 die Abzüge*
133 die Köchin
134 das Sieb
135 der Quirl
136 die Teigrolle
137 die Schürze
138 der Spritzbeutel
139 der Teigschaber
140 der Backpinsel
141 die Kuchenform
142 das Holzbrett
143 das Fleischmesser
144 die Zitronenpresse
145 die Waage
146 der Meßbecher
147 die Küchen-
    maschine
148 die Holzlöffel*
149 die Rührschüssel
150 die Reibe
151 der Silberschmied
152 das Silber
153 das Werkbrett
154 der Polierstahl
155 der Gasbrenner
156 die Edelsteine*
157 die Armreifen*
158 die Polier-
    maschine
159 die Juwelierssäge
160 die Pinzette
161 die Flachzange
162 die Brosche
163 der Ring
164 die Kette

83 der Nähfuß
84 die Spule
85 das Maßband
86 die Schere
87 die Nähnadeln*

88 der Stoff
89 der Nähkasten
90 das Schnittmuster
91 die Knöpfe*
92 die Stecknadeln*

93 das Nadelkissen
94 das Nähgarn
**95 der Rahmen-
    macher**
96 die Hartfaserplatte

97 die Glasscheiben*
98 die Aufziehpappe
99 das Metallineal
100 die Zwinge
101 der Handbohrer

160 die Pinzette
161 die Flachzange
162 die Brosche
163 der Ring
164 die Kette

Auf den Schienen ①

1 **der Rangierbahnhof**
2 der Güterzug
3 der Güterwagen
4 das Lesegerät für Wagenmarkierungen
5 der Container
6 der Greifer
7 der Portalkran
8 der gedeckte Güterwagen
9 der Beleuchtungsmast
10 der offene Güterwagen
11 das Stellwerk
12 der Weichensteller
13 der Tankwagen
14 das Lagerhaus
15 der Rungenwagen
16 der Lademeister
17 die Stückgutwaage
18 die Lattenkisten*
19 das Rangiersignal
20 die Signale*
21 die Rangierlok
22 **der Bahnhof**
23 die Bahnhofsuhr
24 der Lautsprecher
25 die Gepäckaufbewahrung
26 der Fahrkartenschalter
27 der Auskunftsschalter
28 der Zeitungsstand
29 die Zeitschriften*
30 das Trinkwasser
31 der U-Bahn-Eingang
32 der Dieb
33 die Handtasche
34 die Gleisnummer
35 der Spazierstock
36 der Elektrokarren
37 der Fahrkartenautomat
38 das Drehkreuz
39 der Feuerlöscher
40 der Aufzug
41 der Notstopp-Knopf
42 der Absatz
43 die Rolltreppe
44 der Notausgang
45 der Straßenmusikant
46 der Lüftungsschacht
47 der Eisenträger
48 der Ventilator
49 der U-Bahn-Plan
50 der Ausgang
51 der Automat
52 die Stromschiene
53 die Untergrundbahn
54 der Bahnsteig
55 die Postsäcke*
56 der Puffer
57 das Bahngleis

58 **die Elektrolokomotive**
59 der Lokomotivführer
60 der Isolator
61 die Dachleitung

62 der Ölkühler
63 das Batteriegehäuse
64 der Elektromotor
65 der Stromabnehmer
66 die Oberleitung

67 der Scheibenwischer
68 der Bedienungsschalter
69 der Sicherheitsfahrschalter

70 das Handra
71 die vordere Kupplung
72 die Schwelle
73 der Schotter

34

92 die Speisekarte
93 der Kellner
94 der Barkeeper
95 die Flaschen*
96 die Toilette
97 der Verbindungs-
   gang
98 der Personen-
   wagen
99 die Aktentasche
100 die Gepäckablage
101 der Sitz
102 die Armstütze
103 der Schaffner
104 der Gabelstapler
105 der Gepäckkarren
106 das Gepäck
107 das Selbst-
    bedienungs-
    restaurant
108 die Theke
109 der Fotoautomat
110 der Zugführer
111 der Warteraum
112 der Fahrplan
113 die Streckenkarte
**114 die Dampf-
    lokomotive**
115 die Rauch-
    kammertür
116 das Drehgelenk
117 der Schornstein
118 das Blasrohr
119 die Rauchkammer
120 der Kessel
121 der Dampfdom
122 der Wasserzulauf
123 die Heizrohre*
124 der Hinterkessel
125 die Sicherheits-
    ventile*
126 der Hebel für das
    Pfeifsignal
127 der Regler
128 der Steuerhebel
129 der Führerstand
130 der Lokomotiv-
    führer
131 der Führersitz
132 der Tender
133 die Kohle
134 der Wassertank
135 der Brems-
    schlauch
136 das Laufrad
137 der Dampfzylinder
138 das Sandstreuer-
    rohr
139 die Kolbenstange
140 der Kreuzkopf
141 die Pleuelstange
142 die Kurbel
143 die Kuppelstange
144 das Treibrad
145 der Aschkasten
146 der Rost
147 das Achslager

4 die Schiene
5 die Schienenlasche
6 der Dorn
7 die Sockelplatte
8 die T-Schiene

**79 die Diesel-
    lokomotive**
80 das Zugbahn-
   funkgerät
81 der Generator

82 das Drehgestell
83 der Wagenmeister
84 der Dieselmotor
85 die Kühlanlage
86 der Kühlventilator

87 die Signalhörner*
88 der Personenzug
89 das Schlafabteil
90 das Klappbett
91 der Speisewagen

Im Studio

1 die Schauspielerin
2 der Schauspieler
3 die Produzentin
4 das Drehbuch
5 der Drehbuchautor
6 der Aufnahmeleiter
7 das Klemmbrett
8 das Aktenschränk-chen
9 das Tonbandgerät
10 der Rollwagen
11 der Kulissenmaler
12 die Kulisse
13 der Prospekt
14 der Grundriß
15 die Schreibtisch-lampe
16 der Filmarchitekt
17 der Kulissenbauer
18 das Reißbrett
19 das Bühnenbild-Modell
20 das Requisitenlager
21 das Skelett
22 der Requisiteur
23 die Krücke
24 die Masken*
25 der Rollstuhl
26 der Thron
27 die künstliche Pflanze
28 die Urkunde
29 das Grammophon
30 der Kostümraum
31 die Mützen*
32 die Haube
33 der Umhang
34 der Zylinder
35 die Stola
36 der Schleier
37 der Kleiderbügel
38 das Ballettröckchen
39 das historische Kostüm
40 das Blumen-sträußchen
41 die Kostümbildnerir
42 das Hochzeitskleid
43 der Gürtel
44 der Regenmantel
45 der Ärmel
46 der Kragen
47 die Orden*
48 die Uniform
49 die Krawatten*
50 die Blusen*
51 die Brille
52 die Perücken*
53 die Spiegelbeleuch-tung
54 das Stethoskop
55 die Weste
56 die Masken-bildnerin
57 die Lockenwickler*
58 die Schnurrbärte*
59 die Narbe

60 der Fön
61 die Watte
62 die Knetmasse
63 der falsche Bart
64 die Pappnase

65 die Schminke
66 das Gebiß
67 der Schminkkoffer
68 der Lippenstift
69 der Gesichtspuder

70 die Puderquaste
71 die Kopfhörer*
72 der Teleprompte Bediener
73 der Teleprompte

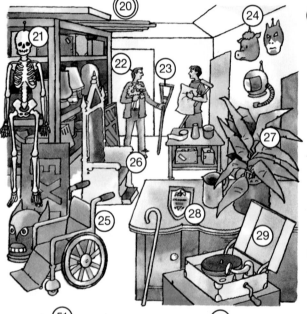

4	die Wetterbericht-sprecherin	78	das Pult	82	das Deckenoberlicht	87	der Vorhang	91	die Spritze

4 die Wetterbericht-
    sprecherin
5 die Wetterkarte
 das Textlaufband
 die Digitaluhr

78 das Pult
79 der Ohrhörer
80 der Nachrichten-
    sprecher
81 **das Studio**

82 das Deckenoberlicht
83 die Spot-Leuchte
84 das Kopftuch
85 die Putzfrau
86 der Mop

87 der Vorhang
88 der Morgenmantel
89 die Arzneiflasche
90 die Kranken-
    schwester

91 die Spritze
92 das Fieber-
    thermometer
93 der Arzt
94 der Kalender
95 der Tropf
96 der Gipsverband
97 das Geschenk
98 der Besucher
99 das Gewicht
100 der Studioarbeiter
101 der Regieassistent
102 die Bandage
103 das Pflaster
104 die Tabletten*
105 der Galgen-
     assistent
106 der Galgen
107 das Mikrophon
108 die Temperatur-
     kurve
109 die Studiokamera
110 der Tontechniker
111 der Kameramann
112 der Aufnahme-
     leiter
113 der Videorecorder
114 der Studiomonitor
115 der Kamerakran
116 die Gummilinse
117 die Kamerakarte
118 der Sucher
119 die Entfernungs-
     einstellung
120 das Fußgestell
121 das Kamerakabel
122 **die Tonregie**
123 der Tontechniker
124 der Toningenieur
125 **der Regieraum**
126 der Bildmischer
127 der Regisseur
128 der Monitor
129 die Stoppuhr
130 die Regieassistentin
131 der technische
     Direktor
132 **die Bildregie**
133 der Bildingenieur
134 der Beleuchtungs-
     techniker
135 die Filmkamera
136 die Klappe
137 der Stetson
138 der Sheriff
139 die Pistolentasche
140 die Sporen*
141 die Cowboyhose
142 die Kugeln*
143 die Handschellen*
144 die Pistole
145 das Lasso
146 die Filmbauten*
147 der Tonmeister
148 der Cowboy
149 der Bandit
150 die Kutsche
151 der Stuntman
152 der Geldsack
153 der Luftsack

Auf dem Wasser

1 **der Passagier-**
dampfer
2 das Schwimmbad
3 das Gymnastikdeck
4 der Blumenladen
5 die
Einkaufspassage
6 das Sonnendeck

7 der Schornstein
8 das Windleitblech
9 der Nachtklub
10 der Ausgucturm
11 die Kommando-
brücke und der
Kartenraum

12 der Mannschafts-
raum
13 der Autolift
14 die Kabinen★
15 die Einbettkabine
16 die Luxuskabinen★
17 die Cocktailbar
18 die Bücherei

19 das Theater und
der Vortragsaal
20 das Casino
21 der Kosmetiksalon
22 die Wäscherei
23 der Ballsaal
24 der Weinkeller
25 das Restaurant

26 das Kinderspiel
zimmer
27 die Bullaugen★
28 die Bugstrahlru
29 die Schleppklüs
30 das Luftkissen-
fahrzeug
31 das Kontrolldec

67 das Focksegel
68 die Rennjacht
69 das Vorsegel
70 der Kiel
71 die Leuchtrakete
72 der Sextant
73 der Rettungsring
74 die Latte
75 der Segelsack

76 der Windmesser
77 das Barometer
78 die Karte
79 das Paddel
80 der Fender
81 der Wimpel
82 der Schöpfeimer
83 der Bootskarren
84 das Frachtschiff

85 das Achterdeck
86 der Schiffskran
87 die Rettungsboote★
88 der Schornstein
89 das Nebelhorn
90 das Ruderhaus
91 die Saling
92 der Mastkorb
93 das Vordeck

94 der Ladekran
95 die Back
96 die Ankerwinde
97 die Gösch
98 der Flaggenstock
99 der Rumpf
100 die Schraubenwelle
101 die Turbinen★
102 der Maschinenraum

103 die Ankerkette
104 der Tanker
105 der Feuerturm
106 die Muringwind
107 der Ladefoster
108 die Frachttanks
109 die Rettungs-
barkasse
110 die Reling

die Autorampe
die verformbare
  Schürze
der Passagier-
  aufgang
das Tragflügelboot
das Motorboot
das Deckhaus

38 der Außenbord-
    motor
39 der Lenkhebel
40 das Rennboot
41 das Feuerlöschboot
42 die Schlauchrollen*
43 die Speigatten*
44 das Polizeiboot

45 das Feuerschiff
46 die Laterne
**47 der Bugsier-
    schlepper**
48 der Bugfender
49 das Kartenhaus
50 der Suchschein-
    werfer

51 die Schlepplichter*
52 der Schlepphaken
53 die Winde
54 der Fischtrawler
55 der Schleppgalgen
56 das Schleppnetz
57 der Eimerbagger
58 die Eimerkette

59 die Schütte
60 die Schaluppe
61 der Spinnaker
62 der Spinnakerbaum
63 der Katamaran
64 der Trimaran
65 das Auslegerboot
66 der Schoner

145 die Fußschlaufe
146 die Fockschot
147 das Schwert
148 die Flaggenleine
149 das Ruder
150 das Lenzloch
151 das Steuerbord
152 die Großschot
153 die Ducht
154 der Baumnieder-
    holer
155 der Großbaum
156 der Block

1 das Rettungs-
  schlauchboot
2 der Schleppkran
3 der Flugzeugträger
4 das Fangseil
5 das Hangardeck
6 der Startkatapult
7 der Flugzeuglift
8 der Düsenjäger

119 die Aufprall-
    barriere
120 das Auffangnetz
121 die Autofähre
122 das Autodeck
123 der Klappbug
124 die Dau
125 die Gondel
126 das Ruderboot

127 die Dolle
128 der Stechkahn
129 die Dschunke
130 das Segelboot
131 der Rudergänger
132 der Vorschotmann
133 das Backbord
134 das Signalstag
135 der Mast

136 das Großsegel
137 die Lattentasche
138 der Klüver
139 der Bug
140 das Heck
141 der Traveller
142 der Tragtank
143 der Heckspiegel
144 die Pinne

Im Weltraum

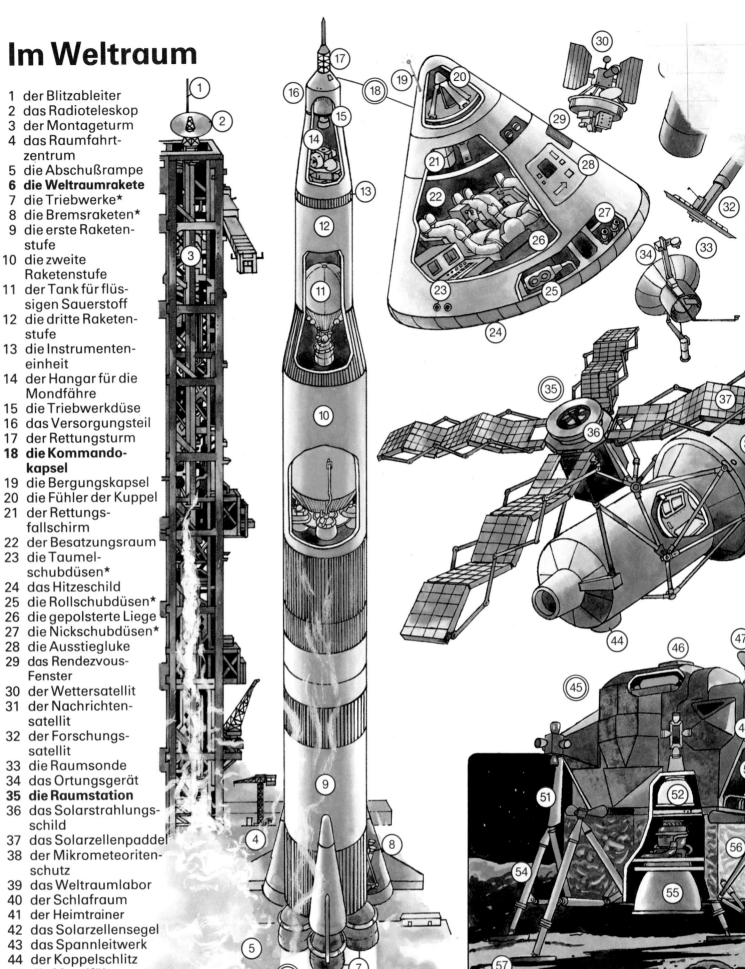

1 der Blitzableiter
2 das Radioteleskop
3 der Montageturm
4 das Raumfahrt-
   zentrum
5 die Abschußrampe
6 die Weltraumrakete
7 die Triebwerke*
8 die Bremsraketen*
9 die erste Raketen-
   stufe
10 die zweite
   Raketenstufe
11 der Tank für flüs-
   sigen Sauerstoff
12 die dritte Raketen-
   stufe
13 die Instrumenten-
   einheit
14 der Hangar für die
   Mondfähre
15 die Triebwerkdüse
16 das Versorgungsteil
17 der Rettungsturm
**18 die Kommando-
   kapsel**
19 die Bergungskapsel
20 die Fühler der Kuppel
21 der Rettungs-
   fallschirm
22 der Besatzungsraum
23 die Taumel-
   schubdüsen*
24 das Hitzeschild
25 die Rollschubdüsen*
26 die gepolsterte Liege
27 die Nickschubdüsen*
28 die Ausstiegluke
29 das Rendezvous-
   Fenster
30 der Wettersatellit
31 der Nachrichten-
   satellit
32 der Forschungs-
   satellit
33 die Raumsonde
34 das Ortungsgerät
35 die Raumstation
36 das Solarstrahlungs-
   schild
37 das Solarzellenpaddel
38 der Mikrometeoriten-
   schutz
39 das Weltraumlabor
40 der Schlafraum
41 der Heimtrainer
42 das Solarzellensegel
43 das Spannleitwerk
44 der Koppelschlitz
45 die Mondfähre
46 die Verbindungsluke
47 die Radarantenne
48 die Anflugantenne
49 der Suchscheinwerfer
50 die Einstiegluke
51 der Abgasdeflektor
52 das Aufstiegs-
   triebwerk

53 die Ein- und
   Ausstiegsplattform
54 das Landegestell
55 das Abstiegs-
   triebwerk
56 die Wärme-
   isolierung

57 der Landeteller
58 das Mondgestein
59 die Mondoberfläche
60 das Mondfahrzeug
61 die Antenne
   mit hoher
   Verstärkung

62 die Antenne
   mit niedriger
   Verstärkung
63 die Kameraaus-
   rüstung
64 das Instrumen-
   tenpult

65 die Fernsehkame
66 das Rad aus Dral
   flecht
67 das Schutzblech
68 der Tütenspende
   für Gesteinsprob
69 die Gesteinszang

40

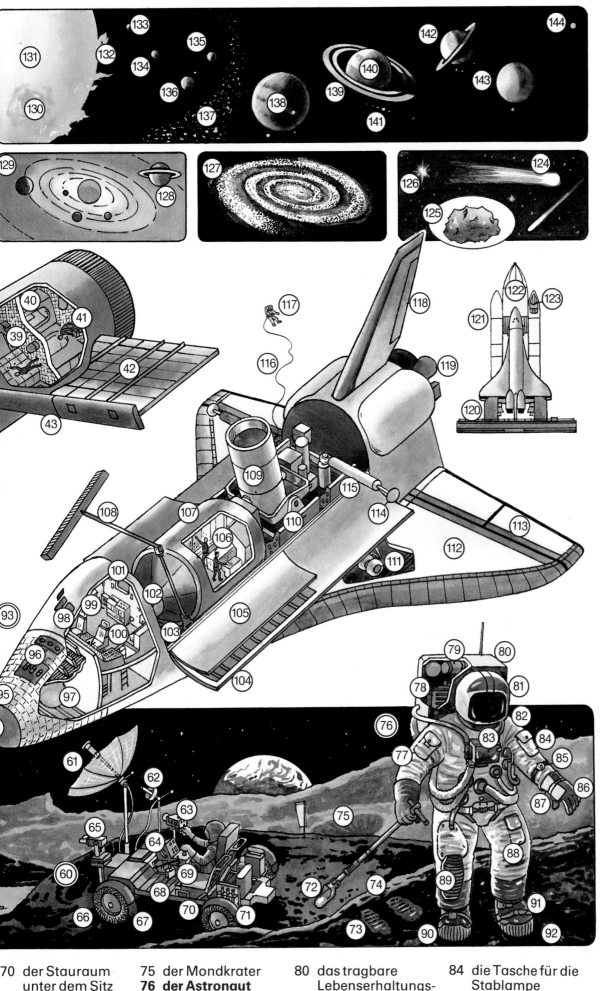

89 der innere Gummianzug
90 der Überschuh
91 der Verschluß
92 der Mondspaziergang
93 die Raumfähre
94 die Bugspitze
95 die Wärmeziegel*
96 die Steuertriebwerke*
97 der Sauerstofftank
98 der Pilotensitz
99 die Steuerzentrale
100 der Sitz des Kommandanten
101 das hintere Beobachtungsfenster
102 der Verbindungstunnel
103 der Nutzlastraum
104 Zugang zum Nutzlastraum
105 die Heizung
106 die Wissenschaftler*
107 das Raumlaboratorium
108 der steuerbare Schwenkarm
109 das Raumteleskop
110 der Teleskopschlitten
111 das Hauptfahrwerk
112 der Deltaflügel
113 die Ruderklappe
114 das Sensor
115 das Magnetometer
116 das Versorgungskabel
117 der Raumspaziergang
118 die Bremsklappe
119 das Steuertriebwerk
120 die Abschußrampe
121 die Feststoffrakete
122 der Treibstofftank
123 der Bremsfallschirm
124 der Komet
125 der Meteorit
126 der Stern
127 die Milchstraße
128 der Planet
129 das Sonnensystem
130 die Sonnenflecken*
131 die Sonne
132 die Sonnenfackel
133 der Merkur
134 die Venus
135 der Mars
136 die Erde
137 die Planetoiden*
138 der Jupiter
139 die Saturn-Ringe*
140 der Saturn
141 der Mond
142 der Uranus
143 der Neptun
144 der Pluto

70 der Stauraum unter dem Sitz
71 die Werkzeugtasche
72 die Schaufel
73 der Fußstapfen
74 der Mondstaub
75 der Mondkrater
76 der Astronaut
77 die Tasche für die Sonnenbrille
78 das Sprechfunkgerät
79 der Sauerstofftank
80 das tragbare Lebenserhaltungssystem
81 der Druckhelm
82 der Raumanzug
83 der Steuerungskasten
84 die Tasche für die Stablampe
85 der Zeitschreiber
86 der Mondhandschuh
87 die Kontrolliste
88 die Mehrzwecktasche

41

Index

This is a list of all the words in the book. They are in the same order as they appear in the pictures. The German word comes first and then its meaning in English. Before each German word there is a number. This tells you what number the object is on the page.

39	das Handtuch	towel
40	die Wasserhähne*	taps
41	der Sohn	son
42	das Waschbecken	washbasin
43	die Badewanne	bath
44	die Personenwaage	bathroom scales
45	die Badematte	bathmat
46	die Toilette	lavatory
47	der Wäschekorb	laundry basket
48	die Vase	vase
49	die Tür	door
50	die Standuhr	grandfather clock
51	der Hamster	hamster
52	die Mutter	mother
53	die Patchworkdecke	patchwork quilt
54	der Staubsauger	vacuum cleaner
55	die Tochter	daughter
56	der Schaukelstuhl	rocking chair
57	das Etagenbett	bunkbeds
58	das Aquarium	fish tank
59	der Blumenkasten	window box
60	der Vorbau	porch
61	**die Küche**	kitchen
62	die Türglocke	chimes
63	die Klingel	door bell
64	die Katzenklappe	cat flap
65	der Knochen	bone
66	der Futternapf	dog bowl
67	der Wäschetrockner	tumble dryer
68	der Vogelkäfig	bird cage
69	der Küchenschrank	kitchen cabinet
70	die Arbeitsfläche	worktop
71	die Spüle	sink
72	die Jalousie	blind
73	die Ablage	draining board
74	die Großmutter	grandmother
75	der Backofen	oven
76	die Geschirrspülmaschine	dishwasher
77	das Tablett	tray
78	die Waschmaschine	washing machine
79	der Kühlschrank	refrigerator
80	der Gefrierschrank	freezer
81	die Anrichte	dresser
82	die Obstschale	fruit bowl
83	das Bügeleisen	iron
84	das Bügelbrett	ironing board
85	die Tischdecke	tablecloth
86	der Tisch	table
87	der Hocker	stool
88	der Abfalleimer	bin
89	das Brotbrett	bread board
90	das Set	table mat
91	das Glas	glass
92	die Serviette	napkin
93	der Milchkrug	milk jug
94	der Stuhl	chair
95	der Hundekorb	dog basket
96	der Schirmständer	umbrella stand
97	das Portrait	portrait
98	**der Flur**	hall
99	der Garderobenständer	coat rack
00	das Telefon	telephone
01	die Telefonbücher*	telephone directories
02	die Fußmatte	doormat
03	**das Wohnzimmer**	sitting room
04	das Bücherregal	bookcase
05	der Bilderrahmen	photograph frame
06	der Plattenspieler	record deck
07	die Stereoanlage	stereo
08	das Sofa	sofa
09	der Großvater	grandfather
10	das Regal	shelf
11	der Zeitungsständer	magazine rack
12	das Fenster	window

113	das Fernsehgerät	television
114	der Sessel	armchair
115	der Sofatisch	coffee table
116	der Aschenbecher	ashtray
117	der Läufer	rug
118	der Papierkorb	wastepaper basket
119	die Zahnbürste	toothbrush
120	die Seife	soap
121	die Zahnpasta	toothpaste
122	das Badesalz	bath salts
123	die Tasse	cup
124	die Untertasse	saucer
125	der Kamm	comb
126	die Haarbürste	hair brush
127	das Haarwaschmittel	shampoo
128	der Teller	plate
129	die Suppenschale	soap bowl
130	das Staubtuch	duster
131	die Politur	polish
132	die Kehrschaufel	dustpan
133	die Scheuerbürste	scrubbing brush
134	die Teekanne	teapot
135	die Kaffeekanne	coffee pot
136	das Waschpulver	washing powder
137	die Zuckerschale	sugar bowl
138	die Butterdose	butter dish
139	der Toaster	toaster
140	der Dosenöffner	tin opener
141	der Mixer	blender
142	das Messer	knife
143	die Gabel	fork
144	der Löffel	spoon
145	der Toastständer	toast rack
146	das Fleischmesser	carving knife
147	die Fleischgabel	carving fork
148	der Korkenzieher	corkscrew
149	die Eieruhr	egg timer
150	der Kochtopf	saucepan
151	die Bratpfanne	frying pan
152	der Schmortopf	casserole dish
153	die Schöpfkelle	ladle
154	der Salzstreuer	salt cellar
155	die Pfeffermühle	peppermill
156	der Kerzenständer	candlestick
157	das Sieb	colander
158	der elektrische Wasserkessel	kettle

Sports I (pages 8-9)

1	der Startblock	starting block
2	der Sprinter	sprinter
3	die Spikes*	track shoe
4	der Leichtathlet	athlete
5	das Stadion	stadium
6	die Laufbahn	running track
7	der Sportplatz	arena
8	die Zuschauer*	spectators
9	der Trainer	coach
10	der Marathonläufer	marathon runner
11	die Startpistole	starting gun
12	die Wettkämpfer*	competitors
13	der Sieger	winner
14	die Ziellinie	finishing line
15	der Wassergraben	water jump
16	der Hindernisläufer	steeplechaser
17	der Hürdenläufer	hurdler
18	die Hürde	hurdle
19	der Weitsprung	long jump
20	der Hochsprung	high jump
21	die Latte	crossbar
22	das Absprungbett	take-off board
23	der Dreisprung	triple jump
24	der Stabhochsprung	pole vault
25	der Geher	race walker
26	der Speer	javelin
27	der Diskuswerfer	discus thrower
28	das Kugelstoßen	shot put

29	der Hammerwurfkäfig	safety cage
30	der Hammerwerfer	hammer
31	der Staffellauf	relay race
32	der Staffelstab	baton
33	die Gewichtscheiben*	discs
34	die Scheibenhantel	barbell
35	der Gewichtheber	weightlifter
36	die Ringerstiefel*	wrestling boots
37	der Ringer	wrestler
38	der Ringkämpfer	contestant
39	die Steuerfeder	flight
40	der Wurfpfeil	dart
41	der Pfeilwerfer	darts player
42	der Anschreiber	scorer
43	die Anschreibetafel	scoreboard
44	die Zielscheibe	dartboard
45	**das Karate**	karate
46	der Seitfußstoß	high kick
47	der Karateanzug	karate suit
48	**das Judo**	judo
49	der schwarze Gürtel	black belt
50	der Judoka	judoka
51	**das Boxen**	boxing
52	der Kopfschutz	headguard
53	der Boxer	boxer
54	der Ringrichter	referee
55	der Boxring	boxing ring
56	das Eckpolster	corner cushion
57	der Punktrichter	judge
58	der Zeitnehmer	time keeper
59	der Gong	gong
60	der Manager	manager
61	der Sekundant	second
62	der Plattformball	speedball
63	der Sandsack	punchbag
64	der Punchingball	punchball
65	die Hantel	dumb-bell
66	**das Fechten**	fencing
67	die Fechtmaske	fencing mask
68	der Fechtmeister	fencing master
69	der Fechter	swordsman
70	die Metallweste	half-jacket
71	die Fechthose	breeches
72	das Florett	foil
73	der Handschuh	fencing glove
74	die Stulpe	cuff
75	der Degen	épée
76	der Säbel	sabre
77	der Turner	gymnast
78	das Langpferd	vaulting horse
79	die Turnhalle	gymnasium
80	der Gymnastikanzug	leotard
81	der Schwebebalken	beam
82	der Stufenbarren	asymmetric bars
83	der Kasten	vaulting box
84	das Sprungbrett	springboard
85	der Bock	buck
86	das Trampolin	trampoline
87	die Ringe*	rings
88	der Barren	parallel bars
89	das Reck	horizontal bar
90	das Seitpferd	pommel horse
91	der Turnlehrer	instructor
92	die Sprossenwand	wall bars
93	der Kopfstand	headstand
94	die Schwebebank	bench
95	die Landematte	landing mat
96	die Rolle	somersault
97	die Matte	mattress
98	der Handstand	handstand
99	das Klettertau	rope
100	**das Golf**	golf
101	der Golfschläger	golf clubs
102	die Golftasche	golf bag
103	der Abschlagplatz	teeing ground
104	der Golfspieler	golfer

105	der Golfwagen	golf trolley
106	der Caddie	caddie
107	der Abschlag	tee
108	die Spielbahn	fairway
109	der Golfball	golf ball
110	das Grün	putting green
111	die Flagge	flagstick
112	das Sandhindernis	bunker
113	das rauhe Gras	rough
114	das Klubhaus	club house
115	der Wasser-skiläufer	waterskier
116	die Wasserski*	waterskis
117	die Sprungschanze	jumping ramp
118	das Schleppseil	tow rope
119	das Motorboot	motor boat
120	**das Tennis**	tennis
121	der Schiedsrichter	umpire
122	der Linienrichter	linesman
123	der Tennisplatz	tennis court
124	die Grundlinie	baseline
125	die Linien des Doppelspielfelds*	tramlines
126	die Seitenlinien für Doppel*	doubles sideline
127	die Seitenlinien für Einzel*	singles sideline
128	die Aufschlaglinie	service line
129	das Tennisnetz	tennis net
130	der Balljunge	ballboy
131	der Aufschläger	server
132	der Tennisschläger	tennis racket
133	der Griff	grip
134	der Tennisball	tennis ball
135	der Rollschuhläufer	rollerskater
136	der Rollschuh	rollerskate
137	die Bindung	toe binding
138	der Stopper	toe stop
139	der Ellbogenschutz	elbow pad
140	das geschwungene Ende	kick tail
141	der Knieschützer	knee pad
142	das Skateboard	skateboard
143	der Sprungturm	highboard
144	der Turmspringer	diver
145	das Schwimmbecken	swimming pool
146	das Sprungbrett	springboard
147	die Bahnen*	lanes
148	das Rückenschwimmen	backstroke
149	der Starter	starter
150	die Badekappe	bathing cap

Sports II (pages 10-11)

1	**das Skilaufen**	skiing
2	die Sprungschanze	ski jump
3	der Berg	mountain
4	die Seilbahn	cable car
5	der Sessellift	chair lift
6	der Skiläufer	skier
7	die Piste	piste
8	der Skiunterricht	ski class
9	der Skilehrer	ski instructor
10	der Rodelschlitten	toboggan
11	die Slalomstrecke	slalom course
12	der Ski	ski
13	der Skistiefel	ski boot
14	der Skistock	ski pole
15	**der Football**	American football
16	der Schulterschutz	shoulder pad
17	der Beinschutz	thigh pad
18	die Torstange	goal post
19	**der Fußball**	soccer
20	die Eckfahne	corner flag
21	der Stürmer	striker
22	der Fußball	soccer ball
23	die Pfeife	whistle
24	**das Kricket**	cricket

25	der Außenspieler	fielder
26	der Schlagmann	batsman
27	der Kricketschläger	cricket bat
28	der Torwächter	wicket keeper
29	der Beinschutz	cricket pad
30	der Werfer	bowler
31	der Kricketball	cricket ball
32	die Stäbe*	stumps
33	die Wurflinie	bowling crease
34	der Handschuh	batting glove
35	**das Rugby**	rugby
36	das Gedränge	scrum
37	der Einwerfer	scrum half
38	der Rugbyball	rugby ball
39	**das Lacrosse**	lacrosse
40	der Schläger	crosse
41	**der Baseball**	baseball
42	der Fänger	catcher
43	die Schlagkeule	baseball bat
44	der Schlagmann	batter
45	der Handschuh	mitt
46	das Schlagmal	home plate
47	der Außenfeldspieler	outfielder
48	das Mal	base
49	das Wurfmal	pitcher's mound
50	der Werfer	pitcher
51	**das Eishockey**	ice hockey
52	der Schlittschuh	ice skate
53	der Schlägerhandschuh	stick glove
54	der Schienbeinschutz	goal pad
55	die Torlinie	goal line
56	der Torkreis	goal crease
57	der Puck	puck
58	**das Galopprennen**	horse racing
59	die Rennfarben*	racing colours
60	das Rennpferd	racehorse
61	die Peitsche	whip
62	der Jockey	jockey
63	die Scheuklappen	blinker
64	der Zielpfosten	winning post
65	**das Kanufahren**	canoeing
66	der Kajak	kayak
67	der Bugmann	bowman
68	das Verdeck	deck
69	**das Springreiten**	show jumping
70	das Rick	post and rails
71	die Triplebarre	triple bar
72	der Oxer	oxer
73	die Reitstiefel*	riding boot
74	die Reithose	jodhpurs
75	die Reitkappe	riding hat
76	**das Surfen**	surfing
77	das Schwert	skeg
78	das Surfbrett	surfboard
79	die Surfleine	surf leash
80	**das Bobfahren**	bobsleigh racing
81	die Hinterkufe	rear runner
82	der Bremser	brakeman
83	der Steuermann	captain
84	der Zweierbob	two-man bobsleigh
85	die Leitkufe	front runner
86	**das Curling**	curling
87	der Curlingbesen	curling broom
88	der Kapitän	skip (captain)
89	der Zielkreis	target circle
90	die Eisbahn	rink
91	der Curlingstein	curling stone
92	**das Bowlingspiel**	bowls
93	die Bowlingmatte	bowling mat
94	der Rasenplatz	bowling green
95	die Bowlingkugel	bowl
96	die Zielkugel	jack
97	**das Tischtennis**	table tennis
98	der Tischtennisschläger	table tennis bat
99	die Mittellinie	centre line

100	**das Gewehrschießen**	rifle shooting
101	das Zielfernrohr	optical sight
102	das Gewehr	rifle
103	der Schütze	marksman
104	die Patronen*	cartridges
105	die Schießanlage	rifle range
106	**das Boule**	boules
107	die Boulekugel	boule
108	der Maßstab	baguette
109	der Bouleplatz	pitch
110	**das Squash**	squash
111	der Squashplatz	squash court
112	der Squashball	squash ball
113	der Squashschläger	squash racket
114	das Aufschlagfeld	service box
115	**das Bogenschießen**	archery
116	die Bogensehne	bowstring
117	der Bogen	bow
118	der Pfeil	shaft
119	der Armschutz	arm bracer
120	die Zielscheibe	target
121	das Schwarze	bull's eye
122	**das Krocket**	croquet
123	die Klammern*	clips
124	der Krockethammer	mallet
125	das Krockettor	hoop
126	die Krocketkugel	croquet ball
127	der Zielpfahl	winning peg
128	**das Polo**	polo
129	der Poloschläger	polo stick
130	das Polopferd	polo pony
131	die Beinbandage	ankle bandage
132	**das Pelotaspiel**	pelota
133	die Cesta	cesta (basket)
134	die Jaialai	jai-alai (court)
135	der Pelotaball	pelote (ball)
136	**der Basketball**	basketball
137	das Brett	backboard
138	der Korbring	basket rim
139	**das Hockey**	hockey
140	die Gesichtsmaske	faceguard
141	der Tormann	goal keeper
142	das Tor	goal
143	der Hockeyschläger	hockey stick
144	**der Federball**	badminton
145	der Federballschläger	badminton racket
146	der Federball	shuttlecock
147	**das Rudern**	rowing
148	das Ruderboot	rowing boat
149	der Steuermann	cox
150	das Ruder	oar
151	der Ruderer	oarsman
152	der Bootsschuppen	boat house

On the farm (pages 12-13)

1	**die Geräte***	tools
2	die Hacke	hoe
3	die Mistgabel	muck fork
4	die Heugabel	pitchfork
5	die Sichel	sickle
6	der Kartoffelrechen	potato rake
7	der Heurechen	hay rake
8	die Sense	scythe
9	der Spaten	spade
10	das Sensenblatt	blade
11	**die Feldfrüchte***	crops
12	der Roggen	rye
13	der Weizen	wheat
14	die Gerste	barley
15	der Hafer	oats
16	der Senf	mustard
17	der Grünkohl	kale
18	die Sonnenblume	sunflower
19	der Mais	maize

der Kolben	cob
die Zuckerrübe	sugar beet
der Raps	rape
der Klee	clover
die Luzerne	lucerne
die Kuh	cow
das Euter	udder
das Kalb	calf
der Schwanz	tail
der Bulle	bull
der Nasenring	nose ring
das Lamm	lamb
das Schaf	ewe
der Schafbock	ram
der Eber	boar
der Rüssel	snout
die Sau	sow
das Ferkel	piglet
das Feld	field
der Unterstand	shelter
die Pferdekoppel	paddock
das Tor	gate
die Bienen*	bees
der Bienenstock	beehive
der Traktor	tractor
die Hecke	hedge
die Mähmaschine	mowing machine
das Hühnerhaus	hen house
der Behälter für Hühnerfutter	feeder
der Hase	hare
der Schuppen	shed
das Heunetz	hay net
der Stall	stable
das Bauernhaus	farmhouse
der Fensterladen	shutter
die junge Katze	kitten
die Katze	cat
der Schweinestall	pigsty
der Trog	trough
der Reisigbesen	besom
die Gummistiefel*	boots
das Regenfaß	water butt
der Futtertisch	bird table
die Mauer	wall
der Schlauch	hose
die Hundehütte	kennel
die jungen Hunde*	puppies
der Schlamm	mud
das Kaninchen	rabbit
der Kaninchenstall	rabbit hutch
die Bäuerin	farmer's wife
die Eier*	eggs
der Zaun	fence
das Riedgras	reeds
der Teich	pond
der Pfau	peacock
die Ziege	nanny goat
das Zicklein	kid
die Hörner*	horn
der Ziegenbock	billy goat
die Stute	mare
das Fohlen	foal
der Esel	donkey
die Ente	duck
das Entenküken	duckling
das Ackerpferd	carthorse
der Truthahn	turkey
die Gans	goose
das Gänseküken	gosling
der Hahn	cockerel
die Federn*	feathers
der Schnabel	beak
das Huhn	hen
die Vogelscheuche	scarecrow
die Furchen*	furrows
der Heuschober	haystack
der Silo	silo
der Schäfer	shepherd
der Hütehund	sheep dog

99	das Schaf	sheep
100	die Wetterfahne	weathervane
101	das Desinfektionsbad für Schafe	sheep dip
102	der Obstpflücker	fruit picker
103	der Obstgarten	orchard
104	das Wildgatter	cattle grid
105	die Scheune	barn
106	die Säcke*	sacks
107	die Heckenschneidemaschine	hedge cutter
108	der Bauer	farmer
109	das Getreide	corn
110	die Werkstatt	workshop
111	der Kuhstall	cowshed
112	die Box	stall
113	das Stroh	straw
114	der Heuboden	hayloft
115	die Ratte	rat
116	die Leiter	ladder
117	die Schleiereule	barn owl
118	der Landarbeiter	farm worker
119	der Verwalter	farm manager
120	der Strohballen	hay bale
121	der Milchtankwagen	milk tanker
122	die Milch	milk
123	der Melkstall	dairy
124	das Pferd	horse
125	die Mähne	mane
126	der Sattel	saddle
127	der Reiter	rider
128	die Zügel*	reins
129	der Steigbügel	stirrup
130	der Huf	hoof
131	der Kunstdünger	fertilizer
132	der Arbeitsanzug	overall
133	der Melker	dairyman
134	die Melkmaschine	milking machine
135	der Anhänger	trailer
136	die Walze	roller
137	**die Landmaschinen***	machinery
138	der Feldhäcksler	forage harvester
139	der Mähdrescher	combine harvester
140	die Strohballenpresse	hay baler
141	die Drillmaschine	seed drill
142	der Grubber	cultivator
143	die Egge	harrow
144	der Pflug	plough
145	der Dünger	manure
146	der Miststreuer	muck spreader
147	der Ballenlader	hay elevator
148	der Sammelroder	potato harvester

At the airport (pages 14-15)

1	**das Instrumentenbrett**	instrument panel
2	der künstliche Horizont	artificial horizon
3	der Fahrtmesser	airspeed indicator
4	der Höhenmesser	altimeter
5	der Radiokompaß	radio compass
6	der Ladedruckmesser	boost gauge
7	der Drehzahlmesser	tachometer
8	die Temperaturanzeige	temperature gauge
9	der Wendeanzeiger	turn indicator
10	der Steuerknüppel	control stick
11	der Gashebel	throttle lever
12	die Seitenruderpedale*	rudder pedals
13	**das Sportflugzeug**	light aircraft
14	der Propeller	propeller blade
15	die Propeller-Nabenhaube	spinner

16	die Kanzelhaube	cockpit cover
17	das Querruder	aileron
18	die Landeklappe	landing flap
19	**der Hubschrauber**	helicopter
20	die Heckkufe	tail skid
21	die Stabilisierungsflosse	stabilizer
22	der Heckrotor	tail rotor
23	der Auspuff	exhaust outlet
24	die Rotornabe	rotor hub
25	das Rotorblatt	rotor blade
26	die Landekufen*	skid landing gear
27	**der Senkrechtstarter**	jump jet
28	das Auslegerrad	outrigger wheel
29	die Heckdüse	tail puffer
30	die Luftbremse	airbrake
31	die Flachstrahldüse	fan air nozzle
32	das Staurohr	pitot head
33	der Fahrwerkschacht	wheel well
34	**der Zeppelin**	airship
35	der Rundbug	nose cone
36	die Gasbehälter*	gas bags
37	der Kranhubschrauber	skycrane
38	**das Überschall-Verkehrsflugzeug**	supersonic airliner
39	die absenkbare Bugnase	droop nose
40	das Turboprop-Flugzeug	turbo-prop
41	der Privatjet	executive jet
42	das Segelflugzeug	glider
43	**das Wasserflugzeug**	flying boat
44	der Wasserflügel	seawing
45	der Schwimmkörper	float
46	**das Transportflugzeug**	freight plane
47	die Bugklappe	hinged nose
48	**der Flughafen**	airport
49	das Parkhaus	car park
50	die Funkantenne	radio aerial
51	das Flutlicht	floodlights
52	die Radarantenne	radar
53	der Kontrollturm	control tower
54	der Fluglotse	ground control officer
55	der Flugplan	flight plan
56	die Besucherterrasse	observation terrace
57	die Fluggastbrücke	passenger bridge
58	der Frachtcontainer	cargo container
59	**das Düsenflugzeug**	jet plane
60	das Höhenruder	elevator
61	der Heckkegel	tailcone
62	das Seitenruder	rudder
63	das Seitenleitwerk	tail fin
64	die Nationalflagge	national flag
65	die Höhenflosse	tailplane
66	das Kennzeichen	registration number
67	der Laderaum	cargo hold
68	der Waschraum	washroom
69	der Servierwagen	food trolley
70	die Schutzwand	bulkhead
71	der Notausgang	emergency exit
72	der verstellbare Sitz	reclining seats
73	die Filmleinwand	cinema screen
74	die Antenne	antenna
75	der Vorfeldwagen	apron supervisor's van
76	die Bremsklappe	spoiler
77	der Flügelspitze	wing tip
78	der Windsack	windsock
79	die Landebahn-Befeuerung	runway lights

80	die Start- und Landebahn	runway
81	das Warnblinklicht	anti-collision light
82	der Passagierraum	passenger cabin
83	die Ansaugöffnung	engine intake
84	der Bordingenieur	flight engineer
85	der Kopilot	co-pilot
86	der Pilot	pilot
87	das Cockpit	flight deck
88	der Polizeiwagen	airport police car
89	der Bodenlotse	marshaller
90	die Ohrenschützer*	earmuffs
91	der Radarkopf	radome
92	die Bugräder*	nosewheels
93	der Landescheinwerfer	landing light
94	die Stewardeß	stewardess
95	der Rumpf	fuselage
96	das Fahrwerk	undercarriage
97	das Düsentriebwerk	jet engine
98	die Triebwerksverkleidung	engine cowling
99	der Wartungsmonteur	maintenance engineer
100	**der Terminal**	passenger terminal
101	das Geschäft für zollfreien Einkauf	duty free shop
102	der Ausgang	departure gate
103	die Personenkontrolle	security check
104	die Wartehalle	departure lounge
105	der Paß	passport
106	die Flugkarte	airline ticket
107	die Bordkarte	boarding pass
108	das Handgepäck	hand luggage
109	die Fluganzeigetafel	flight indicator board
110	das Gepäckband	conveyor belt
111	die Gepäckabfertigung	check-in desk
112	die Abfertigungshalle	departure hall
113	die Fluginformation	flight information
114	der Flughafenangestellte	airport official
115	die Zimmervermittlung	hotel reservations
116	der Autoverleih	car hire
117	die Ankunftshalle	arrivals hall
118	die Zollkontrolle	customs control
119	das Gepäck-Rundlaufband	luggage carousel
120	die Gepäckausgabe	luggage reclaim hall
121	der Grenzbeamte	immigration officer
122	die Paßabfertigung	passport control
123	das Laufband	moving walkway
124	**die Wartungs- und Versorgungsfahrzeuge***	airport vehicles
125	der Tankwagen	refueller
126	der Frischwasserwagen	freshwater tanker
127	der Frischluftversorgungswagen	air conditioning vehicle
128	der Generatorwagen	mobile generator
129	der Gepäckzug	baggage train
130	die Schneeschleuder	snow blower
131	das Wartungsfahrzeug mit Hebebühne	cherry picker
132	das Verladefahrzeug	scissor-lift transporter
133	der Toilettenwagen	lavatory cleaning vehicle
134	der Bus für die Besatzung	crew bus
135	der Eiswagen	ice removal vehicle
136	der Passagierbus	passenger bus
137	der Abschleppwagen	tow truck
138	das Löschfahrzeug	fire tender

The beach and the sea (pages 16-17)

1	die Höhle	cave
2	das Strandcafé	beach café
3	das Megaphon	megaphone
4	das Fernrohr	telescope
5	der Bademeister	lifeguard
6	die Umkleidekabine	changing room
7	die Eisbude	icecream stall
8	das Tretboot	pedal boat
9	der Krabbenfänger	shrimper
10	der Poller	bollard
11	der Rettungsring	lifebelt
12	die Promenade	promenade
13	der Windschutz	windbreak
14	der Sonnenhut	sun hat
15	der Sonnenschirm	umbrella
16	das Krabbennetz	shrimping net
17	der Seehund	seal
18	der junge Seehund	seal pup
19	die Flutgrenze	tideline
20	der Kormoran	cormorant
21	die Badehose	swimsuit
22	der Flügel	wing
23	die Badetasche	beach bag
24	der Picknickkoffer	picnic hamper
25	das Badetuch	beach towel
26	der Liegestuhl	deckchair
27	der Sand	sand
28	der Wasserball	beachball
29	der Schwimmflügel	armband
30	der Schulp	cuttle(fish) bone
31	der Felsen	rock
32	der Eimer	bucket
33	die Sandburg	sandcastle
34	der Spaten	spade
35	**der Felsentümpel**	rock pool
36	die Große Scheidenmuschel	razor shells
37	die Seescheide	sea squirts
38	die Turmschnecke	towel shell
39	die Austern*	oysters
40	die Schere	claw
41	der Krebs	crab
42	die Seeanemone	sea anemone
43	die Röhrenqualle	Portuguese-man-of-war
44	das Seegras	sea lettuce
45	die Seepocke	barnacle
46	die Muscheln*	mussels
47	die Wellhornschnecke	whelk
48	die Herzmuscheln*	cockles
49	die Napfschnecken*	limpets
50	die Entenmuschel	goosebarnacle
51	die Seespinne	spider crab
52	die Garnele	shrimp
53	die Meeresschnecke	sea slug
54	die Strandschnecke	periwinkle
55	die Eikapsel	egg case
56	der Seeigel	sea urchin
57	der Einsiedlerkrebs	hermit crab
58	der Seestern	starfish
59	die Pilgermuschel	scallop
60	der Hummer	lobster
61	die Hummerschere	pincer
62	die Qualle	jellyfish
63	der Delphin	dolphin
64	die Flosse	fin
65	der Seetang	seaweed
66	der Rochen	ray
67	der Aal	eel
68	der Facherfisch	sailfish
69	die Stacheln*	spines
70	der Schwertfisch	swordfish
71	der Krake	octopus
72	die Atemröhre	siphon
73	der Saugnapf	suckers
74	der Fangarm	tentacle
75	die Sepia	cuttlefish
76	das Taucherboot	diving saucer
77	die Wasserdüse	water jet
78	der Suchscheinwerfer	searchlight
79	der Greifarm	mechanical arm
80	der Tintenfisch	squid
81	der Schwamm	sponge
82	der Strandwärter	coast guard
83	die Dünen*	sand dunes
84	das Nebelhorn	fog signal
85	die Rettungsstation	lifeboat station
86	die Helling	slipway
87	der Leuchtturm	lighthouse
88	die Bucht	bay
89	die Insel	island
90	das Floß	raft
91	der Schnorchel	snorkel
92	die Fischkisten*	fish boxes
93	das Netz	net
94	die Wurfscheibe	frisbee
95	der Wellenbrecher	breakwater
96	der Windsurfer	windsurfer
97	der Schwimmer	swimmer
98	die Boje	buoy
99	das Meer	sea
100	die Schwimmflosse	flipper
101	die Taucherbrille	goggles
102	die Möwe	seagull
103	die Brandung	surf
104	der Sandwurm	lugworm
105	der Anker	anchor
106	der Krebskorb	crab pot
107	der Pfosten	post
108	der Hummerkorb	lobster pot
109	der Landesteg	jetty
110	das Treibholz	driftwood
111	die Welle	wave
112	der Fischer	fisherman
113	das Fischerboot	fishing boat
114	die Seenadel	pipefish
115	das Seepferdchen	seahorse
116	die Wasserschildkröte	turtle
117	der Sägefisch	sawfish
118	die Riesenvenusmuschel	giant clam
119	der Tümmler	porpoise
120	die Seeschlange	sea serpent
121	der Hai	shark
122	der Wal	whale
123	der Taucher	frogman
124	die Unterwasserkamera	underwater camera
125	die Koralle	coral
126	das Tauchfahrzeug	mini submarine
127	der Kommandoturm	conning tower
128	der Navigator	navigator
129	der Ballasttank	ballast tank
130	der Käfig	cage
131	das Kabel	cable
132	das Wrack	shipwreck
133	die Harpune	speargun
134	der Bleigürtel	weight belt
135	die Aqualunge	aqualung
136	der Aquascooter	sea scooter
137	der Taucheranzug	wetsuit
138	der Tiefenmesser	depth gauge
139	die wasserdichte Uhr	waterproof watch
140	der Sauerstoffschlauch	oxygen tube

1	der Tiefseetaucher	deep sea diver
2	der Taucherhelm	diving helmet
3	der Tiefseegraben	trench
4	das Tiefseetauch-boot	bathyscaphe
5	der Druckkörper	pressure hull
6	die akustische Sonde	acoustic probe
7	die Tiefseetafel	sea bed

ood (pages 18-19)

1	das Gemüse	vegetables
2	der Spinat	spinach
3	die Erbsen*	peas
4	die Karotten*	carrots
5	die Kartoffeln*	potatoes
6	der Kürbis	marrow
7	die Steckrübe	turnip
8	die Pastinake	parsnip
9	die Auberginen*	aubergines
0	die Zucchini*	courgettes
1	der Rosenkohl	Brussels sprouts
2	der Porree	leeks
3	der Broccoli	broccoli
4	der Blumenkohl	cauliflower
5	der Staudensellerie	celery
6	die grünen Bohnen	beans
7	der Weißkohl	cabbage
8	der Rotkohl	red cabbage
9	der Kürbis	pumpkin
0	die Zwiebeln*	onions
1	die Pilze*	mushrooms
2	die Artischocken*	artichokes
3	der Spargel	asparagus
4	die rote Beete	beetroot
5	der Mais	sweetcorn
6	der Fenchel	fennel
7	der Kopfsalat	lettuce
8	die Radieschen*	radishes
9	die Chicorée	chicory
0	die Tomaten*	tomatoes
1	die Gurke	cucumber
2	der Rhabarber	rhubarb
3	die rote Paprika-schote	red pepper
4	die grüne Paprika-schote	green pepper
5	die Avocados*	avocados
6	das Obst	fruit
7	die Ananas*	pineapples
8	die Kokosnüsse*	coconuts
9	die Bananen*	bananas
0	die Trauben*	grapes
1	die Limonen*	limes
2	die Zitronen*	lemons
3	die Orangen*	oranges
4	die Pampelmusen*	grapefruit
5	die Mangos*	mangoes
6	die Papayas*	paw paws
7	die Feigen*	figs
8	die Birnen*	pears
9	die Äpfel*	apples
0	die Mandarinen*	tangerines
1	die Lychees*	lychees
2	die Honigmelonen*	melons
3	die Wasser-melonen*	watermelons
4	die Pfirsiche*	peaches
5	die Pflaumen*	plums
6	die Datteln*	dates
7	die Aprikosen*	apricots
8	die Reineclauden*	greengages
9	die Johannis-beeren*	redcurrants
0	die Blaubeeren*	blueberries
1	die Erdbeeren*	strawberries
2	die Himbeeren*	raspberries
3	die Stachelbeeren*	gooseberries
4	die Preiselbeeren*	cranberries
5	die Brombeeren*	blackberries

66	der gemischte Salat	salad
67	der Eintopf	stew
68	die Spaghetti*	spaghetti
69	der Sirup	syrup
70	die Fleischpastete	meat pie
71	der Reis	rice
72	die Knödel*	dumplings
73	die Suppe	soup
74	das Omelett	omelette
75	die Spiegeleier*	fried eggs
76	der Hamburger	hamburger
77	die Pfannkuchen*	pancakes
78	die Pommes frites*	potato chips
79	die Hot dogs*	hot dogs
80	die Pute	turkey
81	die Füllung	stuffing
82	die Butterbrote*	sandwiches
83	die Pizza	pizza
84	die Quiche	quiche
85	der Kaviar	caviar
86	das Eis	ice cream
87	die Pastete	pâté
88	die Schokoladen-soße	choclate sauce
89	das Soufflé	soufflé
90	die Götterspeise	jelly
91	die Schaumkrem	mousse
92	der Schaschlik	shish kebabs
93	die Eclairs*	eclairs
94	der Obstsalat	fruit salad
95	der Käsekuchen	cheesecake
96	die Vanillesoße	custard
97	der Teig	pastry
98	die Baisers*	meringues
99	die Obsttorte	fruit tart
100	der Pudding	trifle
101	die Kräuter*	herbs
102	das Basilikum	basil
103	das Schnittlauch	chives
104	der Knoblauch	garlic
105	die Pfefferminze	mint
106	die Petersilie	parsley
107	der Rosmarin	rosemary
108	der Thymian	thyme
109	das Fleisch	meat
110	der Schinken	ham
111	der Speck	bacon
112	die Koteletts*	chops
113	die Salami	salami
114	das Steak	steak
115	die Würstchen*	sausages
116	der Fisch	fish
117	der Räucherlachs	smoked salmon
118	die Krabben*	prawns
119	die Bücklinge*	kippers
120	die Fisch-frikadellen*	fish cakes
121	die Fischstäbchen*	fish fingers
122	die Sardinen*	sardines
123	der Thunfisch	tuna fish
124	das Fischsteak	fish steak
125	das Fischfilet	fish fillet
126	das Graubrot	brown bread
127	das Weißbrot	white bread
128	die Hörnchen*	croissants
129	das Brötchen	bread rolls
130	das Teegebäck	muffins
131	die Krapfen*	doughnuts
132	die Weißbrot-stangen*	breadsticks
133	der Zuckerguß	icing
134	der Kuchen	cake
135	die Kekse*	biscuits
136	das französische Brot	French loaf
137	die Rosinen-brötchen*	scones
138	das Fladenbrot	pitta bread
139	die Trocken-bohnen*	dried beans

140	die heiße Schokolade	hot chocolate
141	das Bier	beer
142	der Wein	wine
143	der Kaffee	coffee
144	die Kaffeebohnen*	coffee beans
145	der Tee	tea
146	der Teebeutel	tea bag
147	der Fruchtsaft	fruit juice
148	das Milchmix-getränk	milkshake
149	die Sahne	cream
150	der Zucker	sugar
151	die Marmelade	jam
152	das Mehl	flour
153	der Senf	mustard
154	das Salz	salt
155	der Pfeffer	pepper
156	der Honig	honey
157	die Mayonnaise	mayonnaise
158	der Ketchup	tomato ketchup
159	das Müsli	muesli
160	die Nüsse*	nuts
161	die Erdnußbutter	peanut butter
162	die Süßigkeiten*	sweets
163	die Gewürzgurken*	gherkins
164	die gebackenen Bohnen*	baked beans
165	der Käse	cheese
166	die Butter	butter
167	der Joghurt	yoghurt
168	die Orangen-marmelade	marmalade
169	die Rosinen*	raisins

The castle (pages 20-21)

1	der Fußsoldat	foot soldier
2	die Hellebarde	bill
3	der Helm	kettle hat
4	die Pike	pike
5	die Armbrust	crossbow
6	der Bügel	stirrup
7	der Bolzen	quarrel
8	der Drücker	trigger
9	der Köcher	quiver
10	die Pfeile	arrows
11	der Bogen	longbow
12	die Axt	axe
13	der Morgenstern	flail
14	der Streitkolben	mace
15	der Dolch	dagger
16	der Belagerungs-turm	siege tower
17	der Sturmbock	battering ram
18	die Balliste	ballista
19	die Schleuder	sling
20	die Steinschleuder-maschine	trebuchet
21	die Schutzwehr	mantlet
22	der Bogenschütze	archer
23	die Katapult-schleuder	mangonel
24	der Feuertopf	firepot
25	das siedende Öl	boiling oil
26	die Kanone	cannon
27	das Bodenstück	breech
28	das Zündloch	touch hole
29	der Ladepfropf	rope wad
30	die Kanonen-kugeln*	cannon balls
31	die Patrone	gunpowder cartridge
32	die Mündung	muzzle
33	die Lafette	gun carriage
34	der Docht	taper
35	der Ladestock	rammer
36	der Ritter	knight
37	das wattierte Hemd	quilted vest
38	der Knappe	squire
39	die Beinkleider*	leggings

40	die Kapuze	hood
41	das Kettenhemd	chain mail
42	der Schuppen-panzer	scale armour
43	der Schildpanzer	plate armour
44	die Haube	basinet
45	das Bruststück	breast plate
46	die Schuhe*	sabaton
47	die Schulterkachel	roundel
48	der Waffenrock	tunic
49	der große Helm	great helm
50	das Wappen	coat-of-arms
51	die Scheide	sheath
52	das breite Schwert	broadsword
53	die Beinröhre	shin guard
54	die Lanze	lance
55	der Schild	shield
56	**das Turnier**	**jousting**
		tournament
57	der Stechpfosten	quintain
58	der Federbusch	plume
59	das Zelt	pavilion
60	die Edelleute*	nobles
61	der Kranz	coronel
62	der Roßharnisch	horse armour
63	die Barriere	tilt
64	der Turniersattel	pommel saddle
65	die Helmzier	crest
66	die Trompeter*	trumpeters
67	der Herold	herald
68	**die Burg**	**castle**
69	das Mauer-türmchen	turret
70	der Zinnenkranz	battlements
71	das herrschaftliche Schlafgemach	solar
72	der Wachturm	keep
73	das Spitzbogen-fenster	lancet window
74	der Freiherr	baron
75	der Schneider	tailor
76	die Freifrau	baroness
77	die Magd	maid
78	der Wandteppich	tapestry
79	der Kaplan	chaplain
80	das Kreuz	cross
81	die Kapelle	chapel
82	der Minnesänger	troubadour
83	die Pritsche	pallet
84	die Galerie	gallery
85	der fahrende Spielmann	minstrel
86	der Zuber	tub
87	die Kerze	candle
88	der Saal	great hall
89	der Kamin	fireplace
90	die Wendeltreppe	spiral staircase
91	das Faß	barrel
92	das Verlies	dungeon
93	der Gefangene	prisoner
94	die Ketten*	ball and chain
95	der Kerkermeister	jailor
96	der Abort	garderobe
97	die Bank	bench
98	das Tischgestell	trestle table
99	der Narr	jester
100	die Böschungs-fläche	buttress
101	der Kessel	cauldron
102	die Kochhütte	kitchen shed
103	das Strohdach	thatch
104	das Kräuterbeet	herb bed
105	der Burggarten	walled garden
106	der Obstbaum	fruit tree
107	der Blasebalg	bellows
108	der große Ofen	great oven
109	der Spieß	spit
110	die Wache	guard
111	der Feuerschutz	firescreen
112	das Backhaus	bakehouse

113	das Packpferd	packhorse
114	der Handler	merchant
115	die Holztreppe	wooden stairs
116	der Burghof	inner bailey
117	die Treppenspindel	stairwell
118	die Schießscharte	arrowslit
119	der Rauchabzug	smokehole
120	die Schmiede	smithy
121	der Waffenschmied	armourer
122	der Bauer	peasant
123	der Fischteich	fish pond
124	die Wascherin	laundress
125	der Schuhmacher	shoemaker
126	der Holzfäller	woodcutter
127	der Dachdecker	thatcher
128	der Burggraben	outer bailey
129	der Hofmeister	steward
130	die Nonne	nun
131	der Mönch	monk
132	der Torbogen	arch
133	die Baumstämme*	logs
134	die Jagdhunde*	hounds
135	der Hundeaufseher	keeper-of-the-hounds
136	der Karren	cart
137	die Hütte	hut
138	der Brunnen	well
139	der Taubenschlag	dovecote
140	die Tauben*	doves
141	der Stallbursche	stable boy
142	die Stange	perch
143	der Falkner	falconer
144	der Falke	falcon
145	der Falkenhof	falcons' mews
146	der Wehrgang	wall walk
147	die Ringmauer	curtain wall
148	die Schildwache	sentry
149	der Zinnenzahn	merlon
150	die Zinnenlücke	crenel
151	die Bretterbude	hoarding
152	das Torhaus	gatehouse
153	das Fallgatter	portcullis
154	die Zugbrücke	drawbridge
155	der Bettler	beggars
156	der Graben	ditch

Music (pages 22-23)

1	die große Trommel	bass drum
2	die Trommel-schlegel*	drumsticks
3	die kleine Trommel	snare drum
4	die Posaune	trombone
5	der Posaunenzug	slide
6	die Wasserklappe	water key
7	die Kesselpauke	kettle drum
8	das Trommelfell	drumhead
9	das Pedal	foot pedal
10	das Fagott	bassoon
11	das S-Rohr	crook
12	die Oboe	oboe
13	die Klappen*	keys
14	die Zunge	reed
15	die Querflöte	flute
16	das Blasloch	blow-hole
17	die Geige	violin
18	die Kinnstütze	chin rest
19	der Geigenbogen	violin bow
20	die Klarinette	clarinet
21	die Bratsche	viola
22	der Saitenhalter	tailpiece
23	die Schnecke	scroll
24	die Tuba	tuba
25	das Ventil	valve
26	das Mundstück	mouthpiece
27	das Waldhorn	French horn
28	das Englischhorn	cor anglais
29	die Pikkoloflöte	piccolo
30	das Mundstück	lip plate
31	das Cello	cello
32	**das Orchester**	**orchestra**

33	das Glockenspiel	tubular bells
34	das Xylophon	xylophone
35	die Orgel	organ
36	die Register*	stops
37	die Orgelpfeifen*	organ pipes
38	das Schlagzeug	percussion
39	die Becken*	cymbals
40	der Flötist	flautist
41	die Holzblas-instrumente*	woodwind
42	die Blechblas-instrumente*	brass section
43	die Streich-instrumente*	string section
44	die Harfenistin	harpist
45	die Harfe	harp
46	die Geiger*	violinists
47	die Bratschisten*	viola players
48	der Notenständer	music stand
49	der Dirigent	conductor
50	das Notenblatt	music sheet
51	das Pult	rostrum
52	die Cellisten*	cellists
53	die Kontrabaß-spieler*	double bass players
54	**die Rockgruppe**	**rock group**
55	die Lautsprecher-box	speaker
56	das Schlagzeug	drumkit
57	das Tamtam	floor tom
58	der Schlagzeuger	drummer
59	die kleine Trommel	tom toms
60	das Becken	crash and ride cymbal
61	das Hi-hat	hihat
62	die Background-Sanger*	backup singers
63	das Mikrophon	microphone
64	der Kontaktschalter	reed switch
65	der Verstärker	amplifier
66	die Baßgitarre	bass guitarist
67	das elektrische Klavier	electric piano
68	der Synthesizer	moog synthesiser
69	die erste Gitarre	lead guitarist
70	die elektrische Orgel	electric organ
71	**die elektrische Gitarre**	**electric guitar**
72	das Wirbelbrett	headstock
73	der Hals	neck
74	der Bund	frets
75	der Tonabnehmer	pickup
76	das Schlagbrett	scratchplate
77	der Tremolo-Hebel	tremelo arm
78	die Regelknöpfe*	controls
79	die Steckdose	jack plug socket
80	der Kontrabaß-bogen	double bass bow
81	der Kontrabaß	double bass
82	die Saiten	strings
83	der Steg	bridge
84	das Griffbrett	fingerboard
85	die Wirbel*	tuning pegs
86	das Glockenspiel	glockenspiel
87	das Hackbrett	dulcimer
88	die Ukulele	ukelele
89	die Mandoline	mandolin
90	der Dudelsack	bagpipes
91	die Melodiepfeife	melody pipe
92	der Windsack	windbag
93	die Blaspfeife	blowpipe
94	der Brummer	drone pipe
95	die Tenor-brummer*	tenor drones
96	der Holzblock	wood block
97	die Rassel	rattle
98	der Gong	gong
99	das Vibraphon	vibraphone
100	das Koto	koto
101	der Triangel	triangle

2	die Tanbur	tambura
3	die Sitar	sitar
4	der Flaschenkürbis	gourd
5	die Zither	zither
6	das Marimbaphon	marimba
7	die Balalaika	balalaika
8	die Laute	lute
9	der Wirbelkasten	pegbox
0	die Glocke	handbell
1	die Schlitten-glocken*	sleigh bells
2	die Blockflöte	recorder
3	die Kastagnetten*	castanets
4	das Akkordeon	accordion
5	die Klaviatur	keyboard
6	die Mund-harmonika	harmonica
7	**die Jazzkapelle**	**jazz band**
8	das Banjo	banjo
9	das Saxophon	saxophone
0	der Jazzsänger	jazz singer
1	die Trompete	trumpet
2	der Trompeter	trumpeter
3	der Klavierspieler	pianist
4	das Klavier	piano
5	das Metronom	metronome
6	das Pendel	pendulum
7	die Folklore-sängerin	folk singer
8	die spanische Gitarre	Spanish guitar
9	das Schalloch	soundhole
0	der Gitarrenkörper	soundboard
1	die Konzertina	concertina
2	**die Blaskapelle**	**brass band**
3	die Tambour-majorin	drum majorette
4	das Bügelhorn	bugle
5	das Kornett	cornet
6	**die Diskothek**	**discothèque**
7	der Diskjockey	disc jockey
8	die Diskotänzer*	disco dancers
9	der Tanzboden	dancefloor
0	der Plattenteller	turntable
1	die Platten*	records
2	**die Steel Band**	**steel band**
3	die Stahltrommel	steel drum
4	die Tenor-Drum	cello pan
5	die Baß-Drum	bass pan
6	die Sopran-Drum	ping pongs
7	die Alt-Drum	guitar pan
8	die Conga	conga drum
9	die Rhythmus-instrumente*	rhythm section
0	die Bongos*	bongo drums
1	das Tamburin	tambourine
2	die Schellen*	jingles
3	die Cabaza	cabasas
4	die Maracas*	maracas
5	die Kuhglocke	cow bell
6	die Klanghölzer*	claves
7	der Guiro	guiro

In the country (pages 24-25)

1	der Fischotter	otter
2	der Igel	hedgehog
3	die Wegschnecke	slug
4	die Spitzmaus	shrew
5	der Hirsch	stag
6	das Geweih	antlers
7	der Käfer	beetle
8	das Rehkitz	fawn
9	das Reh	doe
10	der Kiefernzapfen	pine cone
11	das Eichhörnchen	squirrel
12	der Kobel	drey
13	die Fuchswelpen*	fox cubs
14	der Fuchs	fox
15	der Dachs	badger
16	die Feldmaus	harvest mouse

17	die Wasserratte	water vole
18	die Wolke	cloud
19	der Drachenflieger	hang glider
20	der Heißluftballon	hot air balloon
21	der Gasbrenner	gas burner
22	der Korb	basket
23	der Sandsack	sand bag
24	der Regenbogen	rainbow
25	die Windmühle	windmill
26	der Regen	rain
27	das Tal	valley
28	der Rucksack	rucksack
29	der Karabiner-haken	karabiner
30	der Kletterhaken	piton
31	der Schutzhelm	climbing helmet
32	der Kletterschuh	climbing boot
33	der Bergsteiger	rock climber
34	der Kombihammer	piton hammer
35	der Felsen	cliff
36	das Kletterseil	climbing rope
37	der Klettergürtel	climbing harness
38	das Dorf	village
39	der Friedhof	cemetery
40	der Drachen	kite
41	der Kirchturm	spire
42	der Tunnel	tunnel
43	der Kanal	canal
44	der Schleppkahn	barge
45	die Kirche	church
46	der Telegraphen-mast	telegraph pole
47	der Schuppen	garden shed
48	das Gewächshaus	greenhouse
49	die Kletterpflanze	creeper
50	das Haus	house
51	die Schaukel	swing
52	der Garten	garden
53	die Pflanze	plant
54	das Blumenbeet	flower bed
55	der Rasen	lawn
56	der Sandkasten	sand pit
57	das Planschbecken	paddling pool
58	die Rutsche	slide
59	das Klettergerüst	climbing frame
60	der Schmetterling	butterfly
61	der Maulwurfs-hügel	mole hill
62	der Maulwurf	mole
63	der Wasserfall	waterfall
64	der Wanderer	hiker
65	die Libelle	dragonfly
66	der Wegweiser	signpost
67	der Weg	path
68	der Angelkoffer	tackle box
69	die Angelrute	fishing rod
70	das Netz	fishing net
71	das Gras	grass
72	die Schwalbe	swallow
73	die Schildkröte	tortoise
74	die Taube	pigeon
75	der Marienkäfer	ladybird
76	der Fasan	pheasant
77	die Heuschrecke	grasshopper
78	der Frosch	frog
79	die Seerose	water lily
80	das Seerosenblatt	lily pad
81	die Ameise	ant
82	die Kröte	toad
83	die Hummel	bumblebee
84	die Blume	flower
85	der Schwan	swan
86	die Raupe	caterpillar
87	die Wespe	wasp
88	die Spinne	spider
89	das Spinnennetz	web
90	die Schnecke	snail
91	der Himmel	sky
92	der Habicht	hawk
93	der Hügel	hill

94	der Ast	branch
95	der Vogel	bird
96	der Nestling	nestlings
97	das Nest	nest
98	der Steinbruch	quarry
99	die Hochspan-nungsleitung	power line
100	der Stahlmast	pylon
101	die Blockhütte	log cabin
102	die Schleuse	lock
103	der See	lake
104	das Elektrizitäts-werk	power station
105	die Hecke	hedgerow
106	die Reiter*	pony trekker
107	der Baum	tree
108	der Wald	forest
109	der Waldarbeiter	forester
110	die Hangematte	hammock
111	die Anhänger-kupplung	tow bar
112	die Brücke	bridge
113	das Ufer	river bank
114	der Busch	bush
115	der Campingplatz	camp site
116	der Grill	barbeque
117	das Brennholz	firewood
118	die Holzkohle	charcoal
119	der Campingtisch	picnic table
120	die Campingliege	camp bed
121	die Rinde	bark
122	der Angler	angler
123	der Fluß	river
124	der Kompaß	compass
125	der Vogel-beobachter	birdwatcher
126	das Fernglas	binoculars
127	die Landkarte	map
128	der Camping-kocher	camping stove
129	das Spannseil	guy rope
130	der Wasser-behälter	water carrier
131	das Vordach	fly sheet
132	die Taschenlampe	torch
133	die Zeltstange	tent pole
134	die Kühltasche	ice box
135	die Luftmatratze	air mattress
136	der Schlafsack	sleeping bag
137	die Zeltlampe	gas lamp
138	das Zelt	tent
139	der Hering	tent peg
140	der Nachtfalter	moth
141	die Wurzel	roots
142	das Moos	moss
143	der Baumstumpf	tree stump
144	die Fliegenpilze*	toadstools

On the road (pages 26-27)

1	das Tandem	tandem
2	das Dreirad	tricycle
3	das Crossrad	scrambler bike
4	das Rennrad	racing bike
5	der Motorroller	motor scooter
6	das Moped	moped
7	das Go-Kart	go-kart
8	**das Fahrrad**	**bicycle**
9	der Griff	hand grip
10	der Schalthebel	gear change lever
11	die Lenkstange	handlebar
12	das Schaltungs-kabel	gear cable
13	die Glocke	bell
14	der Gepäckträger	carrier
15	die Werkzeug-tasche	saddle bag
16	der Sattel	saddle
17	die Sattelstütze	seat stem
18	der Bremshebel	brake lever
19	das Bremskabel	brake cable

20	die Hupe	horn
21	die Fahrradlampe	bicycle lamp
22	das Schloß	bicycle lock
23	der Rückstrahler	rear reflector
24	das Rücklicht	rear lamp
25	der Dynamo	dynamo
26	der Zahnkranz	sprocket
27	der Kettenschutz	chain guard
28	die Luftpumpe	bicycle pump
29	der Flaschenhalter	water bottle carrier
30	die Felgenbremse	brake calliper
31	das Schutzblech	mudguard
32	der Bremsbelag	brake block
33	das Vorderrad	front wheel
34	die Satteltaschen*	panniers
35	das Hinterrad	rear wheel
36	die Fahrradkette	bicycle chain
37	das Pedal	pedal
38	die Tretkurbel	pedal crank
39	der Ständer	kickstand
40	das Kettenrad	chain wheel
41	der Rahmen	frame
42	die Vorderradgabel	front fork
43	die Felge	wheel rim
44	das Ventil	valve
45	die Speichen*	spokes
46	der Speichenreflektor	spoke reflector
47	der Schlauch	inner tube
48	das Flickzeug	puncture repair kit
49	die Trinkflasche	water bottle
50	der Schraubenschlüssel	spanners
51	das Montiereisen	tyre levers
52	**das Motorrad**	**motorbike**
53	der Gasgriff	twist throttle
54	der Schalthebel	clutch lever
55	der Rückspiegel	rearview mirror
56	der Beifahrersitz	pillion seat
57	der Benzintank	petrol tank
58	die Zündkerze	sparking plug
59	der Vergaser	carburettor
60	der Kickstarter	kick start lever
61	die Trommelbremse	rear drum brake
62	die Scheibenbremse	front disc brake
63	die Teleskopgabel	hydraulic fork
64	das Bremspedal	rear brake pedal
65	die Fußstütze	foot rest
66	der Auspufftopf	muffler
67	die Handschuhe*	gauntlets
68	das Visier	visor
69	der Schutzhelm	crash helmet
70	der Sportwagen	sports car
71	der Rennwagen	racing car
72	der Dragster	dragster
73	der Beiwagen	sidecar
74	der Buggy	beachbuggy
75	der Oldtimer	vintage car
76	der Landrover	landrover
77	der Lieferwagen	van
78	der Abschleppwagen	breakdown lorry
79	der Tankwagen	petrol tanker
80	der Möbelwagen	removal van
81	der Wohnwagen	caravan
82	der Autotransporter	car transporter
83	der Reisebus	coach
84	der Linienbus	bus
85	der Doppeldeckerbus	double-decker bus
86	der Obus	trolley bus
87	der Kombiwagen	estate car
88	der Krankenwagen	ambulance
89	die Feuerwehr	fire engine
90	das Müllauto	dustcart
91	der Lastwagen	juggernaut
92	der Kipplaster	truck

93	**die Werkstatt**	**garage**
94	die Zapfsäule	petrol pump
95	die Waschanlage	car wash
96	der Prüfstand	inspection bay
97	der Dachgepäckträger	roof rack
98	der Mechaniker	mechanic
99	die Hebebühne	hydraulic lift
100	das Luftdruckmeßgerät	air pump
101	**das Auto**	**car**
102	der vordere Kotflügel	front wing
103	die Parkleuchte	side light
104	die vordere Stoßstange	front bumper
105	der Scheinwerfer	headlamp
106	der Kühler	car radiator
107	der Keilriemen	fan belt
108	der Ventilator	cooling fan
109	der Zylinderkopf	cylinder head
110	der Luftfilter	air filter
111	die Batterie	car battery
112	der Außenspiegel	wing mirror
113	die Federung	front suspension
114	das Fahrgestell	chassis
115	der Kolben	piston
116	der Verteiler	distributor
117	der Ölfilter	oil filter
118	die Ölwanne	sump
119	das Tachometer	speedometer
120	die Benzinuhr	petrol gauge
121	die Windschutzscheibe	windscreen
122	das Lenkrad	steering wheel
123	das Armaturenbrett	dashboard
124	der Sicherheitsgurt	seat belt
125	die Kopfstütze	headrest
126	das Gaspedal	accelerator
127	die Fußbremse	foot brake
128	die Kupplung	clutch
129	das Getriebe	gear box
130	der Schaltknüppel	gear stick
131	die Handbremse	hand brake
132	der Rücksitz	back seat
133	der Auspufftopf	silencer
134	das Kardangelenk	universal joint
135	die Antriebswelle	drive shaft
136	der Kofferraum	boot
137	das Bremslicht	brake light
138	das Reserverad	spare wheel
139	der Rückfahrscheinwerfer	reversing light
140	die Fußpumpe	foot pump
141	das Nummernschild	number plate
142	das Auspuffrohr	exhaust pipe
143	die hintere Stoßstange	rear bumper
144	das Rücklicht	rear light
145	das Blinklicht	indicator light
146	der Tankdeckel	petrol cap
147	die Radnabe	wheel hub
148	der Bremskeil	wedge
149	die Ölkanne	oil can
150	der Werkzeugkasten	tool can
151	der Kreuzschlüssel	spider spanner
152	der Wagenheber	jack
153	der Reifen	tyre

In the city (pages 28-29)

1	das Hochhaus	skyscraper
2	die Wohnungen*	flats
3	der Balkon	balcony
4	die Feuerwache	fire station
5	die Sirene	siren
6	die Tankstelle	service station
7	die Hochstraße	flyover
8	die Feuerleiter	fire ladder
9	das Hotel	hotel
10	der Übergang	walkway
11	der Hotelpage	bellboy
12	der Portier	doorman
13	der Koffer	suitcase
14	der Empfang	reception
15	die Empfangshalle	lobby
16	der Lieferwagen	delivery van
17	das Bürogebäude	office building
18	die Telefonzentrale	switchboard
19	die Stenotypistin	typist
20	das Büro	office
21	die Fassadenmalerei	mural
22	das Dachfenster	skylight
23	das Postamt	post office
24	die Sortierstelle	sorting office
25	der Briefkasten	letterbox
26	der Postbote	postman
27	die Pakete*	parcels
28	das Postauto	mail van
29	die Imbißstube	café
30	die Kellnerin	waitress
31	die Markise	awning
32	das Denkmal	statue
33	die Menschenmenge	crowd
34	die Absperrung	barrier
35	die Bank	bank
36	der Kassierer	bank teller
37	der Wachmann	security guard
38	der Geldtransporter	security van
39	der Dachgarten	roof terrace
40	der Tresorraum	bank vault
41	der Supermarkt	supermarket
42	der Lagerraum	storeroom
43	die Leuchtreklame	neon sign
44	der Einkaufswagen	trolley
45	die Schlange	queue
46	das Kino	cinema
47	das Aushängeschild	shop sign
48	das Fischgeschäft	fish shop
49	der Fischhändler	fishmonger
50	der Verkäufer	shop assistant
51	die Drogerie	chemist
52	die Kasse	cash register
53	die Zeitung	newspaper
54	der Zeitungsstand	newspaper stand
55	die Säule	pillar
56	das Straßenschild	street sign
57	die Trockenhauben*	hairdryers
58	der Frisiersalon	hairdressing salon
59	der Friseur	hairdresser
60	das Verkehrszeichen	road sign
61	der Polizist	policeman
62	der Radfahrer	cyclist
63	die Telefonzelle	telephone kiosk
64	das Telefonkabel	telephone cable
65	die Stufen*	steps
66	die Frau	woman
67	die Gasleitung	gas pipe
68	die Fahne	flag
69	der Fahnenmast	flagpole
70	der Taxistand	taxi rank
71	der Fensterputzer	window cleaner
72	das Kaufhaus	department store
73	die Straßenlampe	street lamp
74	das Krankenhaus	hospital
75	die Schule	school
76	der Lehrer	school teacher
77	der Schüler	school children
78	das Taxi	taxi
79	der Straßenkehrer	road sweeper
80	der Müllwagen	rubbish cart
81	der Abfall	litter

	Drehtür	revolving door
	Dekorateur	window dresser
	e Schaufenster-puppe	dummy
	der Träger	porter
	der Patient	patient
	die Auffahrt	ramp
	der Buggy	pushchair
	die Politesse	taxi warden
	die Parkuhr	parking meter
	die Parkbank	park bench
	die Kinderfrau	nanny
	der Kinderwagen	pram
	der Springbrunnen	fountain
	der Park	park
	der Torpfosten	gatepost
	das Gitter	railings
	der Motorradfahrer	motor cyclist
	der Beifahrer	pillion rider
	die Haltestelle	bus stop
	der Busfahrer	bus driver
	die Fahrgäste*	passengers
	der Rauch	smoke
	der Feuerwehr-mann	fireman
	das Blaulicht	warning light
	das Feuer	fire
	der Wasser-schlauch	fire hose
	das Sprungtuch	jumping sheet
	die Reklame	advertisement
	der Bücherstand	bookstall
	der Buchhändler	bookseller
	die Tragetasche	carrier bag
	der Schuhstand	shoe stall
	die Schuhe*	shoes
	der Andenkenstand	sovenir stall
	die T-shirts*	tee shirts
	der Poster	poster
	die Buttons*	badges
	der Obststand	fruit stall
	die Trage	stretcher
	der Unfall	accident
	der Hydrant	fire hydrant
	der Bürgersteig	pavement
	die Bordsteinkante	kerbstone
	der Stadtstreicher	tramp
	die Gemälde*	paintings
	die Ampel	traffic light
	der Gemüsestand	vegetable stall
	der Spielzeugstand	toy stall
	der Bekleidungs-stand	clothes stall
	der Pullover	jersey
	die Hosen*	trousers
	die Kleider*	dresses
	die Hüte*	hats
	der Kleiderständer	clothes rack
	die Socken*	socks
	die Mäntel*	coats
	der Blumen-verkäufer	flower seller
	der Stadtplan	street map
	der Umformer	transformer
	der Kanaldeckel	manhole cover
	der Abfallkorb	litter bin
	der Zebrastreifen	crossing
	der Fußgänger	pedestrian
	der Einstiegschacht	manhole
	die Stromleitung	electricity cable
	der Mann	man
	die Unterführung	underpass
	das Wasserrohr	water pipe
	das Abwasser	sewage
	die Kanalisation	sewer
	der Schieber-schacht	valve box
	der Absperr-schlüssel	gate key
	der Gully	grating

Toys and games (pages 30-31)

1	die Puppe	doll
2	die Stoffpuppe	rag doll
3	die Prinzessin	princess
4	der Prinz	prince
5	der König	king
6	die Krone	crown
7	die Königin	queen
8	die Fee	fairy
9	der Zauberstab	wand
10	die Ballerina	ballerina
11	der Besen	broomstick
12	die Hexe	witch
13	die Braut	bride
14	der Bräutigam	bridegroom
15	das Blumen-mädchen	bridesmaid
16	der Blumenjunge	page
17	der Matrose	sailor
18	das Mobile	mobile
19	der Papagei	parrot
20	die Tafel	blackboard
21	das Etui	pencil case
22	der Füller	fountain pen
23	der Kugelschreiber	ballpoint pen
24	die Bleistifte*	pencils
25	die Wachs-malstifte*	wax crayons
26	der Radiergummi	rubber
27	das Lineal	ruler
28	die Wasserfarben*	paints
29	die Filzstifte*	felt tip pens
30	die Ziffern*	numbers
31	die Buchstaben*	letters
32	der Notizblock	notebook
33	der Abakus	abacus
34	die Perlen*	beads
35	die Bausteine*	building blocks
36	der Magnet	magnet
37	der Globus	globe
38	der Chemiekasten	chemistry set
39	das Reagenzglas	test tube
40	der Spiritusbrenner	spirit burner
41	der Becher	beaker
42	der Trichter	funnel
43	der Glaskolben	flask
44	die Lupe	magnifying glass
45	das Mikroskop	microscope
46	das Kaleidoskop	kaleidoscope
47	die Luftballons*	balloons
48	die Papierhüte*	paper hats
49	die Feuerwerks-körper*	fireworks
50	die Laterne	lantern
51	der Totempfahl	totem pole
52	das Indianerzelt	wigwam
53	der Kopfschmuck	head-dress
54	der Indianer-häuptling	Indian chief
55	die Indianerfrau	squaw
56	das Indianerbaby	papoose
57	das Fort	fort
58	der Reiter	cavalry man
59	der Indianerkrieger	Indian brave
60	der Tomahawk	tomahawk
61	der Schachtelteufel	jack-in-the-box
62	die Musikbox	music box
63	die Spardose	money box
64	das Riesenrad	ferris wheel
65	das Karussell	roundabout
66	das Schaukelpferd	rocking horse
67	das Marionetten-theater	puppet theatre
68	die Marionette	string puppet
69	die Kasperlepuppe	glove puppet
70	das Puppenhaus	dolls' house
71	die Puppenwiege	cradle
72	der Eisbär	polar bear
73	der Panda	panda

74	das Nashorn	rhino
75	das Kamel	camel
76	die Pinguine*	penguins
77	das Känguruh	kangaroo
78	das Zebra	zebra
79	der Leopard	leopard
80	der Affe	monkey
81	das Krokodil	crocodile
82	das Gespenst	ghost
83	der Engel	angel
84	der Zauberer	wizard
85	die Pistole	pistol
86	der Seeräuber	pirate
87	der Schatz	treasure
88	die Seeschlange	monster
89	der Drachen	dragon
90	der Kobold	elf
91	der Zwerg	gnome
92	der Schlitten	sleigh
93	der Weihnachts-mann	Father Christmas
94	der Teddybär	teddy bear
95	das Rentier	reindeer
96	der Weihnachts-strumpf	Christmas stocking
97	die Geldbörse	purse
98	das Geld	money
99	die Stickerei	embroidery
100	die Wolle	wool
101	die Stricknadel	knitting needle
102	der Panzer	tank
103	die Infanteristen*	infantry men
104	der Kranwagen	crane
105	die Planierraupe	excavator
106	das Rennauto	remote control car
107	die Modell-Rennbahn	race track
108	das Raumschiff	spaceship
109	das Steckenpferd	hobby horse
110	der Springstock	pogo stick
111	die Stelzen*	stilts
112	der Hula-Hoop-Reifen	hula hoop
113	der Roller	scooter
114	das Springseil	skipping rope
115	der Kreisel	spinning top
116	die Kegel	skittles
117	die Murmeln*	marbles
118	das Brettspiel	board game
119	die Spielkarten*	playing cards
120	die Würfel*	dice
121	die Spielmarken*	counters
122	das Schachbrett	chess-board
123	die Schachfiguren*	chessmen
124	das Puzzle	jigsaw puzzle
125	die Dominosteine*	dominoes
126	das Holzpuzzle	puzzle
127	der Billardtisch	snooker table
128	die Billardkugel	snooker ball
129	das Queue	cue
130	der Roboter	robot
131	die Rassel	rattle
132	der Picknickkoffer	lunch box
133	das Taschen-messer	penknife
134	der Schlüssel-anhänger	key ring
135	die Schlüssel*	keys
136	die Taschenlampe	torch
137	die Schreib-maschine	typewriter
138	das Radio	radio
139	der Plattenspieler	record player
140	das Funksprech-gerät	walkie talkie
141	der Kassetten-recorder	cassette recorder
142	die Kassetten*	cassettes
143	die Elektronik-spiele*	electronic games

144	die Kassette	cartridge
145	das Telespiel	television game
146	der Steuerknüppel	handsets
147	der Computer	computer
148	der Taschen-rechner	calculator
149	der Tiger	tiger
150	der Löwe	lion
151	der Elefant	elephant
152	das Flußpferd	hippopotamus
153	der Koalabär	koala bear
154	die Giraffe	giraffe
155	der Strauß	ostrich
156	der Büffel	buffalo
157	der Wolf	wolf
158	die Schlange	snake
159	der Dinosaurier	dinosaur

Jobs people do (pages 32-33)

1	**der Weber**	weaver
2	das Farbbad	dye bath
3	der Webstuhl	loom
4	das Gewebe	woven cloth
5	der Kettbaum	cloth roller
6	das Sperrwerk	ratchet
7	die Trittbretter*	treadles
8	das Garn	yarn
9	das Schiffchen	boat shuttle
10	der Kamm	rug beater
11	die Garnwickel-maschine	bobbin winder
12	**der Töpfer**	potter
13	der Brennofen	kiln
14	der Ton	clay
15	die Modellierhöl-zer*	modelling tools
16	der Greifzirkel	callipers
17	das Töpfermesser	potter's knife
18	die Modellier-schlinge	turning tool
19	der Schneidedraht	cutting wire
20	die Töpferscheibe	potter's wheel
21	das Spritzbecken	splashpan
22	die Glasur	glaze
23	**der Schmied**	blacksmith
24	der Streckhammer	fuller
25	der Setzhammer	flatter
26	der Stempel	stamp
27	das Schnörkeleisen	scroll iron
28	die Schnörkel-klammer	scroll dog
29	der Schraubstock	vice
30	die Feuerhaken*	fire irons
31	der Rauchfang	firehood
32	das Eisen	iron
33	der Löschtrog	water trough
34	die Zangen*	tongs
35	die Lochplatte	swage block
36	der Beschlagkasten	horseshoeing box
37	der Stößel	mandrel
38	der Vorschlag-hammer	sledge hammer
39	der Amboß	anvil
40	**der Kunstmaler**	artist
41	die Leinwand	canvas
42	das Modell	model
43	der Keilrahmen	canvas stretcher
44	der Malkasten	paintbox
45	die Ölfarben*	oil paints
46	der Kittel	smock
47	der Lappen	rag
48	die Staffelei	easel
49	der Zeichenblock	sketch pad
50	das Podest	dais
51	der Drahthefter	stapler
52	die Palette	palette
53	der Palettstecker	dipper
54	das Palettmesser	palette knife
55	der Pinsel	brushes
56	der Malspachtel	painting knife

57	die Kohlestifte*	charcoal sticks
58	das Terpentin	turpentine
59	**der Gärtner**	gardener
60	der Kompost-haufen	compost heap
61	das Spalier	trellis
62	die Glasglocke	cloche
63	die Blumentöpfe*	flowerpots
64	das Frühbeet	cold frame
65	die Schnur	twine
66	das Pflanzholz	dibber
67	die Arbeitshand-schuhe*	gardening gloves
68	die Gartengeräte*	garden tools
69	der Schubkarren	wheelbarrow
70	die Heckenschere	shears
71	der Rasenmäher	lawn mower
72	der Spankorb	trug
73	die Setzlinge*	seedlings
74	die Saatkiste	seed tray
75	die Gießkanne	watering can
76	die Tülle	rose
77	die Blumen-zwiebeln*	bulbs
78	die Gartenschere	secateurs
79	**die Schneiderin**	dressmaker
80	die Nähmaschine	sewing machine
81	die Garnrolle	cotton reel
82	die Oberfaden-spannung	tension dial
83	der Nähfuß	presser foot
84	die Spule	bobbin
85	das Meßband	tape measure
86	die Schere	scissors
87	die Nähnadeln*	needles
88	der Stoff	material
89	der Nähkasten	sewing box
90	das Schnittmuster	dress pattern
91	die Knöpfe*	buttons
92	die Stecknadeln*	pins
93	das Nadelkissen	pin cushion
94	das Nähgarn	thread
95	**der Rahmen-macher**	picture framer
96	die Hartfaserplatte	hardboard
97	die Glasscheiben*	picture glass
98	die Aufziehpappe	mounting board
99	das Metallineal	metal ruler
100	die Zwinge	G-cramp
101	der Handbohrer	hand drill
102	die Gehrungs-zwinge	mitre cramp
103	der Tischler-hammer	claw hammer
104	das Universal-messer	craft knife
105	der Fuchsschwanz	tenon saw
106	die Gehrungslade	mitre block
107	die Formleiste	moulding
108	**der Fotograf**	photographer
109	der Fotoapparat	camera
110	der Schalthebel	wind-on lever
111	der Auslöseknopf	shutter button
112	die Blenden-einstellung	shutter speed control
113	das Blitzlicht	flash shoe
114	die Rückspulkurbel	rewind lever
115	der Blendenring	aperture control
116	die Entfernungs-einstellung	focus control
117	die Linse	lens
118	der Reflexschirm	light screen
119	die Windmaschine	wind machine
120	der Film	film cassette
121	das Stativ	tripod
122	der Hintergrund	background paper
123	die Dunkelkammer	darkroom
124	die Dunkel-kammerleuchte	safelight
125	die Reflektorleuchte	umbrella light

126	der Röhrenblitz	strobe ligh
127	das Netzgerät	power uni
128	das Teleobjektiv	telephono le
129	der Diaprojektor	slide projecto
130	das Blitzlicht	flash gun
131	die Fototasche	camera case
132	die Abzüge*	prints
133	**die Köchin**	cook
134	das Sieb	sieve
135	der Quirl	whisk
136	die Teigrolle	rolling pin
137	die Schürze	apron
138	der Spritzbeutel	piping bag
139	der Teigschaber	spatula
140	der Backpinsel	pastry brush
141	die Kuchenform	cake tin
142	das Holzbrett	chopping board
143	das Fleischmesser	cook's knife
144	die Zitronenpresse	lemon squeezer
145	die Waage	scales
146	der Meßbecher	measuring jug
147	die Küchen-maschine	food processor
148	die Holzlöffel*	wooden spoons
149	die Rührschüssel	mixing bowl
150	die Reibe	grater
151	**der Silberschmied**	silversmith
152	das Silber	silver
153	das Werkbrett	bench block
154	der Polierstahl	burnisher
155	der Gasbrenner	propane torch
156	die Edelsteine*	stones
157	die Armreifen*	bracelets
158	die Poliermaschine	polishing machi
159	die Juwelierssäge	jeweller's saw
160	die Pinzette	tweezers
161	die Flachzange	pliers
162	die Brosche	brooch
163	der Ring	ring
164	die Kette	necklace

On the rails (pages 34-35)

1	der Rangierbahnhof	marshalling yarc
2	der Güterzug	freight train
3	der Güterwagen	freight wagon
4	das Lesegerät für Wagenmar-kierungen	scanner
5	der Container	container
6	der Greifer	grab
7	der Portalkran	gantry crane
8	der gedeckte Güterwagen	boxcar
9	der Beleuchtungs-mast	lighting tower
10	der offene Güterwagen	open goods wag
11	das Stellwerk	signal box
12	der Weichensteller	signalman
13	der Tankwagen	tank wagon
14	das Lagerhaus	warehouse
15	der Rungenwagen	flat wagon
16	der Lademeister	loading foreman
17	die Stückgutwaage	weighing machin
18	die Lattenkisten*	cranes
19	das Rangiersignal	shunting signal
20	die Signale*	signals
21	die Rangierlok	shunting engine
22	**der Bahnhof**	station
23	die Bahnhofsuhr	station clock
24	der Lautsprecher	loudspeaker
25	die Gepäckauf-bewahrung	left luggage office
26	der Fahrkarten-schalter	ticket office
27	der Auskunfts-schalter	information office
28	der Zeitungsstand	newsagent
29	die Zeitschriften*	magazines

Trinkwasser	water fountain
U-Bahn-	underground
...ngang	entrance
...er Dieb	thief
die Handtasche	handbag
die Gleisnummer	platform number
der Spazierstock	walking-stick
der Elektrokarren	electric truck
der Fahrkarten- automat	ticket machine
das Drehkreuz	turnstile
der Feuerlöscher	fire extinguisher
der Aufzug	lift
der Notstopp-Knopf	emergency button
der Absatz	landing
die Rolltreppe	escalator
der Notausgang	emergency stiars
der Straßen- musikant	street musician
der Lüftungs- schacht	ventilation shaft
der Eisenträger	steel girder
der Ventilator	fan
der U-Bahn-Plan	underground train map
der Ausgang	exit sign
der Automat	vending machine
die Stromscheine	electric rail
die Untergrundbahn	underground train
der Bahnsteig	platform
die Postsäcke*	mailbags
der Puffer	buffer
das Bahngleis	railway track
die Elektro- lokomotive	electric locomotive
der Lokomotiv- führer	engineer
der Isolator	insulator
die Dachleitung	roof cable
der Ölkühler	oil cooler
das Batteriege- häuse	battery box
der Elektromotor	electric motor
der Strom- abnehmer	pantograph
die Oberleitung	overhead wire
der Scheibenwi- scher	windscreen wiper
der Bedienungs- schalter	control switches
der Sicherheits- fahrschalter	dead man's handle
das Handrad	handwheel
die vordere Kup- plung	front coupling
die Schwelle	sleeper
der Schotter	ballast
die Schiene	rail
die Schienenlasche	fishplate
der Dorn	spike
die Sockelplatte	baseplate
die T-Schiene	T-rail
die Diesel- lokomotive	diesel locomotive
das Zugbahn- funkgerät	radio telephone
der Generator	generator
das Drehgestell	bogie
der Wagenmeister	wheel tapper
der Dieselmotor	diesel engine
die Kühlanlage	cooling unit
der Kühlventilator	radiator fan
die Signalhörner*	warning horns
der Personenzug	passenger train
das Schlafabteil	sleeping compartment
das Klappbett	foldaway bunk
der Speisewagen	dining car
die Speisekarte	menu

93	der Kellner	waiter
94	der Barkeeper	barman
95	die Flaschen*	bottles
96	die Toilette	toilet
97	der Verbindungs- gang	connecting corridor
98	der Personen- wagen	passenger car
99	die Aktentasche	briefcase
100	die Gepäckablage	luggage rack
101	der Sitz	seat
102	die Armstütze	armrest
103	der Schaffner	ticket collector
104	der Gabelstapler	forklift truck
105	der Gepäckkarren	barrow
106	das Gepäck	luggage
107	das Selbst- bedienungs- restaurant	cafeteria
108	die Theke	self-service counter
109	der Fotoautomat	photograph booth
110	der Zugführer	train guard
111	der Warteraum	waiting room
112	der Fahrplan	timetable
113	die Streckenkarte	railway map
114	**die Dampf- lokomotive**	steam engine
115	die Rauch- kammertür	smokebox door
116	das Drehgelenk	hinge
117	der Schornstein	smokestack
118	das Blasrohr	blast pipe
119	die Rauchkammer	smokebox
120	der Kessel	boiler
121	der Dampfdom	steam dome
122	der Wasserzulauf	water feed
123	die Heizrohre*	fire tubes
124	der Hinterkessel	fire box
125	die Sicherheits- ventile*	safety valves
126	der Hebel für das Pfeifsignal	whistle lever
127	der Regler	regulator
128	der Steuerhebel	reversing lever
129	der Führerstand	driver's cab
130	der Lokomotiv- führer	train driver
131	der Führersitz	driver's seat
132	der Tender	tender
133	die Kohle	coal
134	der Wassertank	water tank
135	der Bremsschlauch	brake hose
136	das Laufrad	leading wheel
137	der Dampfzylinder	cylinder
138	das Sandstreuer- rohr	sand pipe
139	die Kolbenstange	piston rod
140	der Kreuzkopf	crosshead
141	die Pleuelstange	connecting rod
142	die Kurbel	crank
143	die Kuppelstange	coupling rod
144	das Treibrad	driving wheel
145	der Aschkasten	ashpan
146	der Rost	grate
147	das Achslager	axle bearing

In the studio (pages 36-37)

1	die Schauspielerin	actress
2	der Schauspieler	actor
3	die Produzentin	producer
4	das Drehbuch	script
5	der Drehbuchautor	writer
6	der Aufnahmeleiter	casting director
7	das Klemmbrett	clipboard
8	das Aktenschränk- chen	filing cabinet
9	das Tonbandgerät	tape recorder
10	der Rollwagen	paint trolley
11	der Kulissenmaler	scenic artist

12	die Kulisse	scenery
13	der Prospekt	backdrop
14	der Grundriß	floor plan
15	die Schreibtisch- lampe	desk lamp
16	der Filmarchitekt	set designer
17	der Kulissenbauer	scenery builder
18	das Reißbrett	drawing board
19	das Bühnenbild- Modell	set model
20	**das Requi- sitenlager**	prop store
21	das Skelett	skeleton
22	der Requisiteur	prop master
23	die Krücke	crutch
24	die Masken*	masks
25	der Rollstuhl	wheelchair
26	der Thron	throne
27	die künstliche Pflanze	artificial plant
28	die Urkunde	trophy
29	das Grammophon	graphophone
30	**der Kostümraum**	costume room
31	die Mützen*	caps
32	die Haube	bonnet
33	der Umhang	cloak
34	der Zylinder	top hat
35	die Stola	shawl
36	der Schleier	veil
37	der Kleiderbügel	coat hanger
38	das Ballettröckchen	tutu
39	das historische Kostüm	historical costume
40	das Blumen- sträußchen	bouquet
41	die Kostümbildnerin	costume designer
42	das Hochzeitskleid	wedding dress
43	der Gürtel	belt
44	der Regenmantel	raincoat
45	der Ärmel	sleeve
46	der Kragen	collar
47	die Orden*	medals
48	die Uniform	uniform
49	die Krawatten*	ties
50	die Blusen*	blouses
51	die Brille	spectacles
52	die Perücken*	wigs
53	die Spiegelbeleuch- tung	mirror lights
54	das Stethoskop	stethoscope
55	die Weste	waistcoat
56	die Masken- bildnerin	make-up artist
57	die Lockenwickler*	hair curlers
58	die Schnurrbärte*	moustaches
59	die Narbe	scar
60	der Fön	blow dryer
61	die Watte	cotton wool
62	die Knetmasse	plasticine
63	der falsche Bart	false beard
64	die Pappnase	false nose
65	die Schminke	grease paint
66	das Gebiß	false teeth
67	der Schminkkoffer	make-up box
68	der Lippenstift	lipstick
69	der Gesichtspuder	face powder
70	die Puderquaste	powder puff
71	die Kopfhörer*	headphones
72	der Teleprompter- Bediener	teleprompter operator
73	der Teleprompter	teleprompter
74	die Wetterbericht- Sprecherin	weather reporter
75	die Wetterkarte	weather chart
76	das Textlaufband	caption roller
77	die Digitaluhr	digital clock
78	das Pult	desk
79	der Ohrhörer	earpiece
80	der Nachrichten- sprecher	newscaster

81	**das Studio**	studio
82	das Deckeno-berlicht	overhead light
83	die Spot-Leuchte	spotlight
84	das Kopftuch	scarf
85	die Putzfrau	cleaner
86	der Mop	mop
87	der Vorhang	curtain
88	der Morgenmantel	dressing gown
89	die Arzneiflasche	medicine bottle
90	die Kranken-schwester	nurse
91	die Spritze	syringe
92	das Fieber-thermometer	thermometer
93	der Arzt	doctor
94	der Kalender	calendar
95	der Tropf	drip
96	der Gipsverband	plaster cast
97	das Geschenk	present
98	der Besucher	visitor
99	das Gewicht	weight
100	der Studioarbeiter	scenery shifter
101	der Regieassistent	assistant
102	die Bandage	bandage
103	das Pflaster	sticking plaster
104	die Tabletten*	pills
105	der Galgen-assistent	boom operator
106	der Galgen	boom
107	das Mikrophon	microphone
108	die Temperatur-kurve	temperature chart
109	die Studiokamera	studio camera
110	der Tontechniker	sound technician
111	der Kameramann	camera man
112	der Aufnahmeleiter	floor manager
113	der Videorecorder	video tape recorder
114	der Studiomonitor	studio monitor
115	der Kamerakran	crane camera
116	die Gummilinse	zoom lens
117	die Kamerakarte	cue card
118	der Sucher	viewfinder
119	die Entfernungs-einstellung	focusing handle
120	das Fußgestell	pedestal
121	das Kamerakabel	camera cable
122	**die Tonregie**	sound control room
123	der Tontechniker	sound supervisor
124	der Toningenieur	sound engineer
125	**der Regieraum**	production control room
126	der Bildmischer	vision mixer
127	der Regisseur	director
128	der Monitor	monitor screen
129	die Stoppuhr	stop watch
130	die Regie-assistentin	production assistant
131	der technische Direktor	technical manager
132	**die Bildregie**	vision control room
133	der Bildingenieur	vision controller
134	der Beleuchtungs-techniker	lighting director
135	die Filmkamera	film camera
136	die Klappe	clapperboard
137	der Stetson	stetson
138	der Sheriff	sheriff
139	die Pistolentasche	holster
140	die Sporen*	spurs
141	die Cowboyhose	chaps
142	die Kugeln*	bullets
143	die Handschellen*	handcuffs
144	die Pistole	gun
145	das Lasso	lasso
146	die Filmbauten*	film set
147	der Tonmeister	sound recordist
148	der Cowboy	cowboy
149	der Bandit	bandit
150	die Kutsche	stagecoach
151	der Stuntman	stuntman
152	der Geldsack	money bag
153	der Luftsack	airbag

On the water (pages 38-39)

1	**der Passagier-dampfer**	ocean liner
2	das Schwimmbad	lido
3	das Gymnastikdeck	sports deck
4	der Blumenladen	florist shop
5	die Einkaufs-passage	shopping arcade
6	das Sonnendeck	sun deck
7	der Schornstein	exhaust stack
8	das Windleitblech	smoke deflector
9	der Nachtklub	nightclub
10	der Ausguckturm	lookout tower
11	die Kommando-brücke und der Kartenraum	navigation bridge and chartroom
12	der Mannschafts-raum	crew's quarters
13	der Autolift	car lift
14	die Kabinen*	cabins
15	die Einbettkabine	single berth cabin
16	die Luxuskabinen*	staterooms
17	die Cocktailbar	cocktail lounge
18	die Bücherei	library
19	das Theater und der Vortragsaal	theatre and lecture hall
20	das Casino	casino
21	der Kosmetiksalon	beauty salon
22	die Wäscherei	laundry room
23	der Ballsaal	ballroom
24	der Weinkeller	wine cellar
25	das Restaurant	restaurant
26	das Kinderspiel-zimmer	children's playroom
27	die Bullaugen*	portholes
28	die Bugstrahlruder*	bow thrusters
29	die Schleppklüse	hawsehole
30	**das Luftkissen-fahrzeug**	hovercraft
31	das Kontrolldeck	control deck
32	die Autorampe	car ramp
33	die verformbare Schürze	flexible skirt
34	der Passagier-aufgang	passenger steps
35	das Tragflügelboot	hydrofoil
36	das Motorboot	motor boat
37	das Deckhaus	deckhouse
38	der Außenbord-motor	outboard motor
39	der Lenkhebel	steering arm
40	das Rennboot	powerboat
41	das Feuerlöschboot	fireboat
42	die Schlauchrollen*	hosereels
43	die Speigatten*	scuppers
44	das Polizeiboot	police launch
45	das Feuerschiff	lightship
46	die Laterne	lantern mast
47	**der Bugsier-schlepper**	tug
48	der Bugfender	bow fender
49	das Kartenhaus	pilot house
50	der Suchschein-werfer	searchlight
51	die Schlepplichter*	towing lights
52	der Schlepphaken	tow hook
53	die Winde	capstan
54	der Fischtrawler	trawler
55	der Schleppgalgen	trawl gallows
56	das Schleppnetz	trawl net
57	der Eimerbagger	bucket dredger
58	die Eimerkette	bucket chain
59	die Schütte	chute
60	die Schaluppe	sloop

61	der Spinnaker	spinnaker
62	der Spinnaker-baum	spinnaker
63	der Katamaran	catamaran
64	der Trimaran	trimaran
65	das Auslegerboot	outrigger
66	der Schoner	schooner
67	das Focksegel	foresail
68	die Rennjacht	racing yacht
69	das Vorsegel	genoa
70	der Kiel	keel
71	die Leuchtrakete	flare
72	der Sextant	sextant
73	der Rettungsring	life buoy
74	die Latte	batten
75	der Segelsack	sailbag
76	der Windmesser	anemometer
77	das Barometer	barometer
78	die Karte	chart
79	das Paddel	paddle
80	der Fender	fender
81	der Wimpel	pennant
82	der Schöpfeimer	bailer
83	der Bootskarren	launching trolley
84	**das Frachtschiff**	cargo ship
85	das Achterdeck	poop deck
86	der Schiffskran	davit
87	die Rettungsboote*	lifeboats
88	der Schornstein	funnel
89	das Nebelhorn	fog horn
90	das Ruderhaus	wheelhouse
91	die Saling	cross trees
92	der Mastkorb	crow's nest
93	das Vordeck	foredeck
94	der Ladekran	derrick
95	die Back	forecastle
96	die Ankerwinde	windlass
97	die Gösch	jack
98	der Flaggenstock	jackstaff
99	der Rumpf	hull
100	die Schrau-benwelle	propeller shaft
101	die Turbinen*	turbines
102	der Maschinen-raum	engine room
103	die Ankerkette	anchor cable
104	**der Tanker**	tanker
105	der Feuerturm	fire tower
106	die Muringwinde	mooring winch
107	der Ladeposten	kingpost
108	die Frachttanks*	cargo tanks
109	**die Rettungs-barkasse**	rescue launch
110	die Reling	guard rail
111	das Rettungs-schlauchboot	inflatable liferaft
112	der Schleppkran	towing davit
113	**der Flugzeugträger**	aircraft carrier
114	das Fangseil	arrester wire
115	das Hangardeck	hangar deck
116	der Startkatapult	launching catapult
117	der Flugzeuglift	aircraft lift
118	der Düsenjäger	jets (fighter)
119	die Aufprall-barriere	crash barrier
120	das Auffangnetz	safety net
121	die Autofähre	car ferry
122	das Autodeck	car deck
123	der Klappbug	hinged bow
124	die Dau	dhow
125	die Gondel	gondola
126	das Ruderboot	rowing boat
127	die Dolle	rowlock
128	der Stechkahn	punt
129	die Dschunke	junk
130	**das Segelboot**	sailing dinghy
131	der Rudergänger	helmsman
132	der Vorschotmann	crew
133	das Backbord	port side
134	das Signalstag	stay

	Mast	mast
	Großsegel	mainsail
	Lattentasche	batten pocket
	...r Klüver	jib
	...r Bug	bow
	...as Heck	stern
	der Traveller	traveller
	der Tragtank	buoyancy tank
	der Heckspiegel	transom
	die Pinne	tiller
	die Fußschlaufe	toe strap
	die Fockschot	jib sheet
	das Schwert	centreboard
	die Flaggenleine	halyard
	das Ruder	rudder blade
	das Lenzloch	drain hole
	das Steuerbord	starboard side
	die Großschot	main sheet
	die Ducht	thwart
	der Baumniederholer	kicking strap
	der Großbaum	boom
	der Block	block

space (pages 40-41)

1	der Blitzableiter	lightning rod
2	das Radioteleskop	radio telescope
3	der Montageturm	gantry
4	das Raumfahrtzentrum	space launch station
5	die Abschußrampe	launch pad
6	**die Weltraumrakete**	space rocket
7	die Triebwerke*	rocket engines
8	die Bremsraketen*	retro-rockets
9	die erste Raketenstufe	first stage
10	die zweite Raketenstufe	second stage
11	der Tank für flüssigen Sauerstoff	liquid oxygen tank
12	die dritte Raketenstufe	third stage
13	die Instrumenteneinheit	instrument unit
14	der Hangar für die Mondfähre	lunar module hangar
15	die Triebwerkdüse	engine nozzle
16	das Versorgungsteil	service module
17	der Rettungsturm	launch escape tower
18	**die Kommandokapsel**	command module
19	die Bergungskapsel	recovery beacon
20	die Fühler der Kuppel	docking probe
21	der Rettungsfallschirm	main recovery parachute
22	der Besatzungsraum	crew compartment
23	die Taumelschubdüsen	yaw thrusters
24	das Hitzeschild	heatshield
25	die Rollschubdüsen*	roll thrusters
26	die gepolsterte Liege	padded couch
27	die Nickschubdüsen*	pitch thrusters
28	die Ausstiegluke	hatch door
29	das Rendezvous-Fenster	rendevous window
30	der Wettersatellit	weather satellite
31	der Nachrichtensatellit	communications satellite
32	der Forschungssatellit	earth resources satellite
33	die Raumsonde	space probe
34	das Ortungsgerät	cosmic ray detector
35	**die Raumstation**	space station
36	das Solarstrahlungsschild	solar shield
37	das Solarzellenpaddel	solar panel
38	der Mikrometeoritenschutz	micrometeoroid shield
39	das Weltraumlabor	orbital workshop
40	der Schlafraum	sleep compartment
41	der Heimtrainer	exercise bicycle
42	das Solarzellensegel	solar wing
43	das Spannleitwerk	deployment boom
44	der Koppelschlitz	docking port
45	die Mondfähre	lunar module
46	die Verbindungsluke	docking hatch
47	die Radarantenne	rendezvous radar antenna
48	die Anflugantenne	inflight antenna
49	der Suchscheinwerfer	tracking light
50	die Einstiegluke	entry hatch exhaust
51	der Abgasdeflektor	deflector
52	das Aufstiegstriebwerk	ascent engine
53	die Ein- und Ausstiegsplattform	entry/exit platform
54	das Landegestell	landing gear
55	das Abstiegstriebwerk	descent engine
56	die Wärmeisolierung	thermal insulation
57	der Landeteller	foot pad
58	das Mondgestein	moon rock
59	die Mondoberfläche	lunar surface
60	**das Mondfahrzeug**	lunar rover
61	die Antenne mit hoher Verstärkung	high-gain antenna
62	die Antenne mit niedriger Verstärkung	low-gain antenna
63	die Kameraausrüstung	camera pack
64	das Instrumentenpult	display console
65	die Fernsehkamera	television camera
66	das Rad aus Drahtgeflecht	wiremesh wheel
67	das Schutzblech	dust guard
68	der Tütenspender für Gesteinsproben	sample bag dispenser
69	die Gesteinszange	rock tongs
70	der Stauraum unter dem Sitz	underseat bag stowage
71	die Werkzeugtasche	tool carrier
72	die Schaufel	scoop
73	der Fußstapfen	footprint
74	der Mondstaub	moon dust
75	der Mondkrater	moon crater
76	**der Astronaut**	astronaut
77	die Tasche für die Sonnenbrille	sunglasses pocket
78	das Sprechfunkgerät	transceiver
79	der Sauerstofftank	airtank
80	das tragbare Lebenserhaltungssystem	portable life support system
81	der Druckhelm	pressurized helmet
82	der Raumanzug	spacesuit
83	der Steuerungskasten	control box
84	die Tasche für die Stablampe	penlight pocket
85	der Zeitschreiber	chronograph
86	der Mondhandschuh	extra-vehicular glove
87	die Kontrolliste	checklist
88	die Mehrzwecktasche	utility pocket
89	der innerer Gummianzug	rubber innersuit
90	der Überschuh	lunar overshoe
91	der Verschluß	clip
92	der Mondspaziergang	moonwalk
93	**die Raumfähre**	space shuttle
94	die Bugspitze	nose cap
95	die Warmeziegel*	heat insulation tiles
96	die Steuertriebwerke*	rocket thrusters
97	der Sauerstofftank	oxidizer tank
98	der Pilotensitz	pilot's seat
99	die Steuerzentrale	docking controls
100	der Sitz des Kommandanten	commander's seat
101	das hintere Beobachtungsfenster	rearview window
102	der Verbindungstunnel	access tunnel
103	der Nutzlastraum	payload bay
104	der Zugang zum Nutzlastraum	payload bay door
105	die Heizung	space radiator
106	die Wissenschaftler*	scientists
107	das Raumlaboratorium	space laboratory
108	der steuerbare Schwenkarm	robot arm
109	das Raumteleskop	space telescope
110	der Teleskopschlitten	pallet
111	das Hauptfahrwerk	main wheels
112	der Deltaflügel	delta wing
113	die Ruderklappe	elevon
114	das Sensor	magnetometer
115	das Magnetometer	sensor
116	das Versorgungskabel	umbilical line
117	der Raumspaziergang	spacewalk
118	die Bremsklappe	speed brake
119	das Steuertriebwerk	manoeuvring engine
120	die Abschußrampe	launch support
121	die Feststoffrakete	solid rocket booster
122	der Treibstofftank	external tank
123	der Bremsfallschirm	drogue parachute
124	der Komet	comet
125	der Meteorit	meteorite
126	der Stern	star
127	die Milchstraße	Milky Way
128	der Planet	planet
129	das Sonnensystem	solar system
130	die Sonnenflecken*	sunspot
131	die Sonne	sun
132	die Sonnenfackel	solar flare
133	der Merkur	Mercury
134	die Venus	Venus
135	der Mars	Mars
136	die Erde	Earth
137	die Planetoiden*	asteroids
138	der Jupiter	Jupiter
139	die Saturn-Ringe*	Saturn's rings
140	der Saturn	Saturn
141	der Mond	Moon
142	der Uranus	Uranus
143	der Neptun	Neptune
144	der Pluto	Pluto